Herstellung und Verlag: BoD – Books on Demand, Norderstedt
ISBN: 9783743159334
Autor: Mark Ranstädt
Copyright: Wilfried Heckes
e-Mail: wilfried-heckes@gmx.de
Homepage: sites.google.com/view/marks-autorenpage/
Instagram: @mark_ranstaedt

Coverdesign: Wilfried Heckes
Bilderquelle: Internet

Sicherlich kennt jeder von uns dieses Gefühl, wenn etwas die Seele zu umklammern scheint - ein Etwas, nicht genau zu definieren und trotzdem stark genug, das eigene Handeln zu beeinflussen. Dieses Gefühl lässt sich nicht erklären, es ist nicht real fassbar aber trotzdem in manchen Situationen deutlich spürbar. Es macht unsicher, ängstlich und die Gefahr, in Lethargie zu verfallen, ist fast körperlich zu spüren. Ich selber kenne dieses diffuse Gefühl nur zu gut, ich nenne es den

Endzeit-Blues

Und davon handelt dieses Buch. Aber auch davon, diesem Endzeit-Blues zu entrinnen und Wege zurück ins Leben zu finden. Lassen Sie sich inspirieren von meinem Umgang mit negativen Erfahrungen und dem Endzeit-Blues. Schöpfen Sie Kraft aus den folgenden Zeilen und tanken Sie positive Energie für Ihren eigenen Schritt zurück ins Leben!

VORWORT

Jeder Mensch geht in seinem Leben durch viele Höhen und Tiefen, erlebt glückliche aber auch traurige Momente. Manche dieser Eindrücke sind so stark, dass unter Umständen so etwas einsetzt wie der "Endzeit-Blues" - ein Gefühl, nicht mehr genau zu wissen, was richtig und was falsch sein könnte und welchen Weg man einschlagen soll, um wieder zurück ins Leben zu finden.

So erging es auch mir in meinem bewegten Leben. Ich musste Entscheidungen treffen, die ich eigentlich nie treffen wollte - Entscheidungen zur privaten und beruflichen Zukunft, zu Trennungen und als schlimmste und schwierigste Entscheidung die über Leben und Tod eines meiner geliebten Kinder. Ich kann mir vorstellen, dass keine Leserin und kein Leser in eine ähnliche Situation kommen möchte, aber solche Dinge sind wohl auch Teil des Lebens, vor denen keiner von uns die Augen verschließen kann. Die Folge war dann oft das Gefühl von "Endzeit-Blues", nicht wissend, wie das Leben weiter gehen soll. Aber ich fand immer wieder die Kraft, mich ins Leben zurück zu kämpfen und diese Kraft möchte ich mit meinem Buch all den Menschen vermitteln, die ebenfalls an einem Scheideweg stehen - in Lethargie zu versinken ist keine Lösung!

Über das Leben, den Tod und das späte Glück
oder: Vom Endzeit-Blues zurück ins Leben

Gerne würde ich alles noch einmal auf Null setzen und ganz neu beginnen. Diesen Wunsch verspüren sicherlich viele Menschen, denen es ähnlich ergangen ist wie mir. Ich bin Jahrgang 1949 und wurde als zweites von drei Kindern in eine Arbeiterfamilie hineingeboren. Meine Mutter war Hausfrau mit Leib und Seele und sie war es, die immer versuchte, allen und allem gerecht zu werden. Mein Vater war der Patriarch, arbeitsam und der absolute Chef im Hause. Er kümmerte sich um die finanzielle Absicherung der Familie und meine Mutter hielt alles von ihm fern, was ihn in seinen Bemühungen um das Wohl seiner Familie hätte bremsen können. Sie war für die Erziehung der Kinder sowie für das leibliche Wohl von Mann und Kindern zuständig und sie erfüllte diese Aufgaben bis hin zur Selbstaufgabe. Eigene Interessen stellte sie in den Hintergrund, auch wenn das nicht immer einfach war. Es gab klare Prioritäten in ihrem Leben - an erster Stelle der Mann, dann die Kinder und der Familienclan und erst ganz zum Schluss die eigenen

Wünsche, die sie aber viel zu selten äußerte. Sie hatte es nie gelernt, eigene Vorstellungen und Wünsche zu formulieren. Ihr Lebensmotto lautete "Geben ist seliger denn Nehmen". Das entsprach ihrer Erziehung und ihrem christlichen Glauben. Und unserem Vater fehlte - so schätze ich das heute ein - die Sensibilität, die heimlichen Bedürfnisse seiner Frau spüren zu können. Das Leben verlief in starren Bahnen, nach festen Regeln und im Rahmen der finanziellen Möglichkeiten, die lange eher bescheiden waren. Mein Vater tat alles, was in seinen Möglichkeiten stand, um die wirtschaftliche Situation zu festigen. Freizeit war für ihn ein Fremdwort, neben seiner Haupttätigkeit in einem Stahlwerk übte er diverse Nebentätigkeiten aus und ging dabei sicherlich auch manchmal über seine Kräfte hinaus. Die wenige Freizeit, die ihm verblieb, verbrachte er immer im Kreis der Familie und er zeigte uns als Kinder das, was er unter Liebe und Zuneigung verstand. Diese wenigen Momente des Familienlebens habe ich gemeinsam mit unserer Mutter und den Geschwistern sehr genossen. Wir wuchsen in einem Umfeld auf, welches als "behütet" bezeichnet werden kann.

Doch das Schicksal hielt leider einige weniger erfreuliche Überraschungen für uns alle bereit. Meine Mutter, die gute Seele der Familie, erkrankte schwer und es folgten diverse, lange Krankenhausaufenthalte und Operationen. Diese Umstände stellten das Familienleben zeitweise auf den Kopf und brachten besonders für mich grundlegende Veränderungen mit sich, die mein weiteres Leben nachhaltig prägen sollten.

Es begann alles mit einem Gespräch zwischen meinen Eltern und meiner Tante, der Schwester meiner Mutter und meinem Onkel. Meine Tante und mein Onkel hatten keine eigenen Kinder, ein Umstand, der eine ausschlaggebende Rolle spielen sollte, wie sich in der Folge zeigen wird. Die Beiden galten als gutsituiert, sie hatten ein eigenes Haus, waren mit einer Druckerei selbständig und führten ein gutes Leben - wenn man einmal davon absieht, dass ihnen eigene Kinder verwehrt geblieben waren. Genau um diese Themen muss sich wohl das Gespräch gedreht haben, welches in kleinem Kreis geführt wurde. Vordergründig ging es sicherlich darum, eine Lösung zu finden, die meine Mutter entlasten könne.

Aus heutiger Sicht scheint es mir jedoch eher darum gegangen zu sein, eine Lösung für den unerfüllten Kinderwunsch meiner Tante und meines Onkels herbeizuführen. Um dieses Ziel zu erreichen müssen die Beiden - die meinen Eltern argumentativ überlegen waren - es wohl verstanden haben, meine Eltern dazu zu überreden, dass es die beste Lösung wäre, wenn eines der Kinder bei ihnen aufwachsen würde. Ein perfider Plan, der aber mit Hinweis auf die besseren wirtschaftlichen Verhältnisse, die Chance auf bessere Schulbildung und auch auf die Entlastung meiner Mutter letztendlich aufging. Mittlerweile bin ich mir sicher, dass insbesondere meine Mutter überredet wurde und nicht wirklich überzeugt war von diesem Vorhaben, aber trotzdem stimmte sie zu. Zunächst fiel die Wahl auf meine Schwester, die ihre Schulferien in einem kleinen hessischen Städtchen und dort im Haus meiner Tante und meines Onkels verbringen sollte, um sich an das Leben in deren Umfeld gewöhnen zu können. Doch der Plan scheiterte kläglich. Ursächlich war das unstillbare Gefühl von Heimweh, welches meine Schwester an den Tag legte. Also kam Plan B zum tragen. Gegenstand dieses Planes B war ich. Mitten im laufenden Schuljahr - ich war damals sieben Jahre alt - wurde mein Umzug vollzogen. Natürlich war ich mir als kleiner Junge nicht im Klaren darüber, was das für mich bedeuten würde, aber bei mir überwog die Freude auf das Abenteuer - als solches verstand ich damals diese Aktion. Es war eine spannende Zeit, die vor mir lag und die vielen neuen Eindrücke, die ich erlebte, machten es mir leicht, mich in der neuen Umgebung einzuleben. Es war ein völlig anderes Leben, als ich es bis dato erlebt hatte. In meinem Elternhaus unterlag ich festen Regeln und der Kontrolle auf die Einhaltung selbiger. Das war plötzlich völlig anders in der neuen Umgebung. Meine Tante und mein Onkel kümmerten sich gemeinsam um die Druckerei, was auch den Tagesablauf bestimmte. Ich war mehr oder weniger auf mich selbst gestellt. Ich konnte plötzlich Vieles selbst bestimmen und entscheiden. Ich konnte bestimmen, was ich anziehen wollte, wann ich aus dem Haus ging und auch, ob ich nach der Schule sofort nach Hause gehen wolle. Schnell fand ich neue Freunde, ich genoss meine Freiheiten und das überschaubare Städtchen im Herzen Hessens stellte sich für mich als ein riesiger Abenteuerspielplatz dar. Das alles ließ keinen

Raum für Gefühle wie Heimweh - ich fühlte mich rundum wohl. Dazu trug sicherlich auch der Umstand bei, dass meine Tante und mein Onkel gemeinsam mit mir an jedem Wochenende Ausflüge mit dem Auto in den Taunus unternahmen, wir unternahmen Reisen ins nahe Ausland und ich lernte ein Leben kennen, welches mir bis dahin völlig fremd gewesen war. In diesen ersten Jahren passierte etwas mit mir, was mir lange Zeit zu schaffen machte - aber das setzte erst Jahre später ein. Es mag befremdlich klingen, aber die Schulferien, die ich meist bei meinen Eltern verbrachte, waren mir damals viel zu lang, ich empfand während dieser Zeit eher Langeweile, denn es gab zu wenig Action und ich konnte es kaum erwarten, wieder in meine neue Heimat zu kommen.

Das scheinbar normale Leben in einer ziemlich verrückten Welt

Zum besseren Verständnis dessen, was ich dort als normales Leben erfuhr, muss ich etwas näher auf die Lebensumstände meiner Tante und meines Onkels eingehen. Sie waren als Selbständige in dem überschaubaren Städtchen sehr angesehen, hatten es zu bescheidenem Wohlstand gebracht und es schien mir, als müssten sie sich um nichts wirklich große Gedanken machen. In ihrer Druckerei produzierten sie ein kleines Gemeindeblättchen, welches wöchentlich erschien und sie sicherten sich damit ihren Lebensunterhalt. Meine Tante war kommunalpolitisch sehr interessiert, sie besuchte regelmäßig die Stadtverordnetenversammlungen und verfasste dazu teilweise sehr bissige Kommentare, die im eigenen Gemeindeblatt veröffentlicht wurden. Sie wurde dafür geschätzt, dass sie kein Blatt vor den Mund nahm, aber es gab auch Neider und politische Gruppierungen, die nicht mit ihrer Meinung konform gingen. Das war für sie jedoch eher Ansporn als ein Grund zur Zurückhaltung. Meine Tante verfügte über ein hohes Maß an Gerechtigkeitssinn und sah sich in der Rolle einer Kämpferin für das Gemeinwohl, sicherlich manchmal von subjektiven Eindrücken geprägt, aber trotzdem immer bemüht, das Richtige zu tun. Im Haus meiner Tante und meines Onkels gingen zahlreiche Menschen ein und aus, die am politischen und gesellschaftlichen Leben teilnahmen und dieses mit beeinflussten. Es wurden Pläne geschmiedet, über Gott und die Welt geredet, Geschäftsabschlüsse wurden vorbereitet und zeitweise sehr viel getrunken. Und ich war Teil dieser verschworenen Gemeinschaft, wenn auch nur als stiller Beobachter und ich saugte das, was rund um mich herum geschah, wissbegierig auf. Es ergaben sich teilweise skurrilen Szenarien, bei denen oft auch der Alkohol in Strömen floss. Ich genoss es, die Anwesenden mit Getränken zu versorgen und niemand nahm Anstoß daran, dass ich ja eigentlich noch viel zu jung war. Mir drängte sich der Eindruck auf, das Haus meiner Tante und meines Onkels sei der Nabel der Welt. Und ich war mittendrin, sorgte für den Getränkenachschub, zündete den Gästen die eine oder andere Zigarette an und verfolgte so manchen alkoholbedingten Exzess, was ich ansonsten wohl nie erlebt hätte. Ich hielt das damals alles für normal und zog meine Vorteile daraus. Ich verlor nahezu jeden Repsekt vor Lehrern und anderen Persönlichkeiten und wurde darin sogar noch bestärkt. Meine Tante war der Meinung, das würde mein Selbstbewusstsein fördern und mich auf das Leben vorbereiten. Noch heute erinnere ich mich an ein Ereignis, nach dem ich dachte, der Einfluss meiner Tante sei grenzenlos: ich hatte auf der Schultoilette geraucht und ein Lehrer hatte mich erwischt dabei. Leider war das einer der Lehrer, der nicht zum ilustren Gästekreis meiner Tante und meines Onkels gehörten. Das führte zunächst zu einer sehr lebhaften Diskussion zwischen dem Lehrer und mir und endete in einem "Blauen Brief" meiner damaligen Schule. Die Reaktion meiner Tante auf dieses Schreiben gipfelte darin, dass meine Tante den Lehrer in meinem Beisein aufsuchte, um ihm unmissverständlich klar zu machen, dass man so mit ihrem Neffen nicht umzugehen habe. Ein persönliches Gespräch sei völlig ausreichend gewesen und alles weitere hätte der Lehrer den Erziehungsberechtigten überlassen müssen. Am Ende dieses kontrovers geführten Gespräches entschuldigte sich der

Lehrer doch tatsächlich für sein Verhalten und meine Tante und ich genossen diesen vermeintlichen Triumph. Das war kurz vor Ende des Schuljahres, ich wechselte mit gerade mal zehn Jahren und dem Selbstbewusstsein eines "Großen" von der Grundschule zur Realschule und so blieben weitere Konfrontationen mit von mir ungeliebten Lehrern aus. Aber auch an der neuen Schule lief es nicht wirklich besser. Viele meiner neuen Lehrer gehörten zum elitären Kreis derer, die im Hause meiner Tante verkehrten und deren Alkoholabstürze ich hautnah miterleben konnte oder musste. Das führte dazu, dass ich mir herausnahm, die Hausaufgaben zu verweigern und meine Respektlosigkeit gipfelte darin, dass ich als Ausrede dafür meine Kellnertätigkeit des Vortages anführte. So wurde nach und nach der eine oder andere Lehrer bloßgestellt mit dem Ergebnis, dass ich damals dachte, die Lehrer hätten Angst vor mir und davor, ebenfalls Gegenstand einer solchen Verunglimpfung werden zu können. Natürlich verstand ich es im Laufe der Jahre immer besser, meine Vorteile aus den Geschehnissen zu ziehen. Ob das so in der heutigen Zeit noch möglich wäre, wage ich zu bezweifeln. Aber in den frühen

60er Jahren tickten die Uhren scheinbar noch anders, in dem kleinen Städtchen kannte jeder Jeden und auch ich war bekannt wie ein bunter Hund. Zu der Zeit hatte ich bereits zwei eigene Zimmer unter dem Dach des Hauses meiner Zieheltern und konnte kommen und gehen, wann ich wollte. Das nutzte ich natürlich aus. Es gab Tage, besonders im Sommer, da saß ich am späten Abend noch auf der Terrasse der örtlichen Eisdiele und schleckte einen Eisbecher, meist im Kreise wesentlich älterer Jugendlicher. Oder ich verabredete mich mit sogenannten Freunden aus der Schule zum sonntäglichen Treffen im Café am Markt zu einem ausgedehnten Frühstück - dort konnte ich einfach mit dem guten Namen bezahlen, denn es war auch das Lieblingscafé meiner Tante, die dann beim nächsten Besuch meine Zeche mit bezahlte. Und dann gab es noch ein ganz besonderes Etablissement am Ort, es war die Bar "Alter Fritz". Für mich schien es nur eine ganz normale Kneipe zu sein, die ich eines Tages auch besuchte. Ich saß wie selbstverständlich am Tresen, was dort niemanden wirklich verwunderte und trank eine Cola. Über den Frauenüberschuss in der Bar machte ich mir keine Gedanken und auch die Tatsache, dass die

Damen hin und wieder für kurze Zeit abwechselnd mit einem der männlichen Gäste verschwanden, machte mich damals nicht stutzig. Mir gefiel das Flair, die Musikbox spielte die Hits der damaligen Zeit und Fritz, der Wirt des Etablissements, fand es wohl auch nicht seltsam, dass ich als Steppke manchmal stundenlang an der Bar saß. Eines Tages drang es dann bis zu meiner Tante und meinem Onkel durch, dass ich den "Alten Fritz" mehrfach besucht habe. Den beiden war natürlich klar, dass es sich um ein Freudenhaus handelte und ich befürchtete, gemaßregelt zu werden. Aber weit gefehlt. Der einzige Kommentar meiner Tante war sinngemäß: "...der Junge kann doch nur für das Leben lernen und seine Erfahrungen sammeln...". Und damit war das Thema dann abgehakt.

Das war die Zeit, in der ich dachte, es gäbe keine Grenzen und keine Regeln für mich. Meine Eltern erfuhren natürlich von all dem nichts, sie hätten vermutlich die Hände über dem Kopf zusammengeschlagen und mich sofort nach Hause geholt. So vergingen weitere Jahre, in denen ich immer aus dem

Vollen schöpfen konnte, bis ich dann mehr und mehr erkannte, dass der vermeintliche Wohlstand meiner Tante und meines Onkels ein Trugbild war. Sie selber verfielen immer mehr dem Alkohol, verbrachten immer mehr Zeit in Gaststätten und die Druckerei litt zunehmend unter dem Lebenswandel. Besonders deutlich wurde mir das in der Zeit - ich muss etwa vierzehn Jahre als gewesen sein - als eine neue Druckerei am Ort eröffnete. So blieben nach und nach die Kleinaufträge aus, auch weil die Kunden immer häufiger unzufrieden waren wegen der Unzuverlässigkeit in Bezug auf die Lieferfristen der Druckerei meines Onkels. Sie wanderten ab und vergaben ihre Aufträge zunehmend an die neue Druckerei. In der Folge gingen die Umsätze bei meinem Onkel zurück und letztlich war nur noch das Gemeindeblättchen geblieben, um das wirtschaftliche Überleben des Betriebes zu sichern. Geld für die Alterssicherung, für Investitionen oder die Hausrenovierung gab es zu diesem Zeitpunkt schon nicht mehr, was zu damals für mich noch nicht absehbaren Folgen führen sollte. Nach außen hin ging das Leben zunächst so weiter, wie ich es bis dahin miterlebt hatte. Alkohol im Überfluss, Wochenendausflüge mit Autofahrten unter Alkoholeinfluss und mit einem Leben auf der Überholspur. Längst hatten meine Tante und mein Onkel auch den letzten Rest an Kontrolle über mich verloren, ich musste auf Grund gravierender Ereignisse mehrfach die Schule wechseln und konnte nur mit viel Glück doch noch mit der Mittleren Reife abschließen. Die häufigen Schulwechsel hatten aber für mich auch Schattenseiten, die ich erst viel später realisierte. So gab es für mich keine längerfristigen sozialen Kontakte zu Schulkameraden und die Freunde, die ich zu haben glaubte, waren nur Mitläufer, die nicht die Freundschaft zu mir suchten, sondern schlicht und ergreifend ihren Vorteil aus meinen materiellen Möglichkeiten suchten und daran partizipierten. Ich erkaufte mir sozusagen die Zuneigung, was mir aber zu dem Zeitpunkt nicht klar war.

Zwischenzeitlich hatten sich auch in Bezug auf die Druckerei dramatische Veränderungen ergeben. Das Anzeigenaufkommen für das Gemeindeblatt hatte sich extrem rückläufig entwickelt und die politischen Kräfteverhältnisse im Ort hatten gewechselt, was dazu führte, dass das Gemeindeblatt zukünftig nicht mehr für die

Veröffentlichung der kommunalen öffentlichen Bekanntmachungen herangezogen wurde und somit brachen auch die Abonnentenzahlen ein. Das Gemeindeblatt musste eingestellt werden und die Druckerei stand vor dem Ruin. Dieser Ruin vollzog sich rasend schnell, die Bank hatte Kredite gekündigt und alles, was zu Geld gemacht werden konnte, war vorher bereits verwertet worden. Das war dann das Aus für die Selbständigkeit, das Haus wurde an einen ehemaligen Schulkameraden meines Onkels verkauft und mit dem Erlös wurden die Forderungen der Bank befriedigt. Zum Glück behielten meine Tante und mein Onkel zusammen mit mir ein Dauerwohnrecht und damit war zumindest das Wohnen gesichert. Der neue Hauseigentümer ließ das Haus zu einem reinen Wohnhaus umbauen und schon bald erinnerte nichts mehr an die ehemalige Druckerei. Wir wohnten unter dem Dach in einer bescheidenen Wohnung, der Lebensunterhalt konnte für kurze Zeit mit dem Resterlös aus dem Hausverkauf finanziert werden, aber für die Zeit danach musste eine Lösung her. Zu diesem Zitpunkt kam ein Angebot aus dem Kreis ehemaliger Meisterkollegen meines Onkels. Sie hatten sich dafür stark gemacht, ihm eine Arbeitsstelle in einer großen Druckerei in Wiesbaden zu beschaffen, was dann auch gelang, sicherlich auch deshalb, weil die Alkoholsucht meines Onkels sich noch nicht so weit herumgesprochen hatte. Mehr noch: da ich im Laufe der Jahre Gefallen daran gefunden hatte, im grafischen Gewerbe arbeiten und eine Lehre beginnen zu wollen, kam mir das Angebot einer Lehrstelle im gleichen Betrieb mehr als recht. Wir nahmen beide die Angebote an, was für mich bedeutete, täglich gemeinsam mit meinem Onkel zur Arbeit zu fahren. Ich trat diese Fahrten immer mit sehr gemischten Gefühlen an, weil ich nie genau wusste, ob mein Onkel am Vorabend oder vielleicht sogar am Morgen zum Alkohol gegriffen hatte. Etwa Mitte des ersten Lehrjahres wurden meine bösen Ahnungen bittere Realität. An einem Montag verlor mein Onkel nach einem komplett durchzechten Wochenende die Kontrolle über sein Auto, das Auto kam nach rechts von der Fahrbahn ab und landete im angrenzenden Acker. Wie durch ein Wunder kamen wir unverletzt davon, aber nach diesem Ereignis reifte in mir der feste Entschluss, meinen Lebensmittelpunkt wieder in die alte Heimat am

Niederrhein - also zu meinen Eltern - verlegen zu wollen. Mein aus diesem Grund geführtes Telefonat mit meinen Eltern muss so dramatisch geklungen haben, dass sie bereits am übernächsten Tag anreisten und mich unter dem mir auf Grund der Ereignisse nicht mehr verständlichen Protest meiner Tante nach Hause holten. Mein Onkel verlor auf Grund des Verkehrsunfalles für einige Monate seinen Führerschein und in der Folge auch seine Arbeitsstelle. Damit wurde sein ganz persönlicher Niedergang eingeleitet. Nur wenige Wochen nach dem Verkehrsunfall und dem Führerscheinentzug setzte er sich im angetrunkenen Zustand erneut hinter das Steuer eines Autos. Bei dieser Fahrt verursachte er einen Verkehrsunfall mit einem Linienbus, bei dem eine Businsassin ihr Leben verlor. Mein Onkel wurde wegen dieses Vorfalles zu einer mehrjährigen Gefängnisstrafe verurteilt. Er verstarb noch im Gefängnis an den Folgen einer bis dahin nicht erkannten Leberzirrhose. Mein Vater und ich reisten unverzüglich zu meiner Tante, um sie bei der Bewältigung der notwendigen Aufgaben nach besten Kräften zu unterstützen und um ihr seelischen Beistand zu leisten. Leider war sie während unseres Aufenthaltes keine

Stunde nüchtern und kaum in der Lage, sich vernünftig zu artikulieren. Was noch schlimmer war, war die Tatsache, dass sie uns in den wenigen klaren Momenten heftige Vorwürfe machte: ich, als jetzt gerade erst Siebzehnjähriger, habe sie mit der ganzen Verantwortung alleine gelassen, die gesamte Familie habe sich nie gekümmert und jetzt brauche sie keine Hilfe mehr. Nachdem auch meine Mutter, die Geschwister meiner Mutter und damit auch meiner Tante zur Beerdigung angereist waren, kam es dann zum Eklat: wir alle wurden durch meine Tante von der Beerdigung ausgeladen und zu unerwünschten Personen am Grab meines Onkels erklärt. Wir waren brüskiert, geschockt und fassungslos und bis auf mich und meinen Vater reiste die Familie wieder ab. Mein Vater und ich blieben, wohl wissend, dass es noch viele Dinge gab, die geregelt werden mussten. Schnell wurde uns jedoch klar, dass es keine Basis zur Kommunikation mit meiner Tante mehr gab. Nachdem wir uns vergewissert hatten, dass sich die Sozialpflege um meine Tante kümmern würde, traten auch wir die Rückreise an. Alle späteren Versuche, den Kontakt zu meiner Tante wieder aufleben zu lassen, scheiterten kläglich an ihrer Starrsinnigkeit. Sie hatte sich geflüchtet in eine Scheinwelt, gab Gott und der Welt die Schuld an ihrer Situation und war selbst objektiven Argumenten gegenüber ablehnend eingestellt. Völlig vereinsamt starb sie nach zwei Jahren auf der Sozialstation, nicht ohne vorher noch verfügt zu haben, dass wir als Angehörige nicht informiert werden sollten und dass sie sich ein anonymes Begräbnis wünsche. Damit endete ein für mich sicherlich prägender Lebensabschnitt, ohne dass mir das zu dem Zeitpunkt wirklich bewusst geworden wäre, aber jetzt im Rentenalter bin ich mir sicher, dass diese und die folgenden Ereignisse ihre Spuren hinterlassen hatten.

Wie bereits erwähnt hatte ich nach den unerfreulichen Ereignissen meinen zehnjährigen Aufenthalt in Hessen beendet und war wieder in den Schoß der Familie heimgekehrt. Schnell hatte ich durch die Beziehungen meines Vaters im Heimatort eine neue Lehrstelle als Schriftsetzer in einer kleinen, ortsansässigen Druckerei gefunden und konnte meine in Wiesbaden begonnene Lehre dort fortsetzen.

Back to the roots - zurück im Schoß der Familie

Die neue Familiensituation war für sämtliche Beteiligten alles andere als leicht. Für meine Eltern ein ungewohntes und nicht einfaches Unterfangen, einen renitenten, pubertierenden und vergleichsweise respektlosen Sohn wieder auf den rechten Weg zu bringen, aber auch für mich war es nicht einfach, wieder nach festgelegten Regeln zu leben. Immer wieder kam es zu Spannungen und zu Situationen, in denen die unterschiedlichen Lebensauffassungen manchmal heftig aufeinander prallten. Aber es gelang meinen Eltern immer wieder, durch intensive Gespräche ein friedliches Zusammenleben unter den Geschwistern und im Familienkreis zu gewährleisten. Für diese Geduld und das Verständnis zolle ich meiner Mutter und meinem Vater heute noch den allergrößten Respekt. Aber nicht nur im Kreis meiner Familie musste ich lernen, dass es feste Regeln gibt - auch meine Lehrzeit stand wortwörtlich unter dem Motto "Lehrjahre sind keine Herrenjahre", wie ich während der gesamten restlichen Lehrzeit hautnah zu spüren bekam. Leider vertraten während meiner Lehre sowohl mein Lehrmeister als auch meine Eltern die Auffassung, dass ich in jeder Situation dankbar sein müsse dafür, dass mir hier die Chance eingeräumt worden war, mitten im laufenden ersten Lehrjahr eine neue Lehrstelle anzutreten. Mir war schon bewusst, dass es eine besondere Sitation war, aber ich hatte während der gesamten Lehre unterschwellig das Gefühl, eher ein Sklave als ein Auszubildender zu sein. Grundsätzlich muss ich erklärend erwähnen, dass es zur damaligen Zeit drei verschiedene Ausbildungsberufe im grafischen Gewerbe gab: den des Schriftsetzers - zu diesem Ausbildungsberuf hatte ich den Lehrvertrag abgeschlossen - sowie den des Buchdruckers und den des Buchbinders. Leider war mir bei Abschluss des Lehrvertrages nicht klar, dass in dem Betrieb wohl eher ein Buchdrucker, eine Hilfskraft für die Buchbinderei sowie ein Bauhelfer, wie sich erst später herausstellte, gesucht wurde. Im Verlaufe des ersten Ausbildungsjahres bestand meine Hauptaufgabe darin, die Buchdruckmaschinen zu pflegen und dem Buchdrucker, der bereits kurz vor der Pensionierung stand, zur Hand zu gehen. Einen Setzkasten oder einen Winkelhaken, damals die typischen Handwerkswerkzeuge des Schriftsetzers, habe ich in der Zeit nicht zu Gesicht bekommen. Immer dann, wenn ich nicht in der Buchdruckabteilung beschäftigt war, musste ich diverse Hilfstätigkeiten in der Buchbinderei übernehmen. Alle diese Tätigkeiten waren nicht dazu angetan, meinen Berufswunsch als Schriftsetzer erfolgreich abschließen zu können. Meine Interventionen diesbezüglich endeten stets in einer Sackgasse: "Lehrjahre sind keine...". Als besonders schlimm stellte es sich in dem Zusammenhang dar, dass mein Lehrmeister es durch geschicktes Taktieren und durch Gespräche mit meinen Eltern erreichte, dass mir auch zuhause immer mal wieder die Leviten gelesen wurden. Also habe ich meist eine Faust in der Tasche gemacht, ich hatte ja ein Ziel vor Augen - ich wollte einen guten Abschluss als Schriftsetzergeselle schaffen. Aber ich hatte nicht nur ein Ziel, sondern war auch voller Hoffnung, dass im zweiten Lehrjahr alles besser werden würde. Aber das Leben und mein Lehrmeister hatten andere Pläne für mich, die für meinen beruflichen Werdegang nicht wirklich fördernd waren. Die Betiebsräume sollten erweitert werden und sicherlich stellt sich hier die Frage, was das mit mir zu tun haben könnte. Diese Frage ist schnell beantwortet: ich war ein billiger Bauhelfer, durfte mit der Schubkarre Schutt abfahren oder die Staubbildung bei den Abrissarbeiten mit einem Wasserschlauch eindämmen. Und wenn es auf der Baustelle keine Arbeit gab, musste ich den Keller des angrenzenden Wohnhauses entkernen. Der Druckereibetrieb lief während der gesamten Zeit weiter, leider ohne mich. In der Zwischenzeit hatte sich ein neuer Lehrling vorgestellt und war auch angenommen worden. Er genoss scheinbar die vollen Sympathien des Lehrmeisters, er durfte vom ersten Tag an im Satzbereich Erfahrungen sammeln. Sehr erstaunt war der junge Mann, als ich nach Anschluss der Bauarbeiten und Fertigstellung des neuen Betriebsgebäudes plötzlich in der Druckerei auftauchte. "Ich dachte, du gehörst zum Bauunternehmen", äußerte er sich völlig überrascht, als ich mich als Kollege im zweiten Lehrjahr vorstellte. Meine Odyssee durch die verschiedenen Betriebsteile ging unterdessen weiter, je nach Bedarf wurde ich in der Buchbinderei und überwiegend in der Buchdruckerei eingesetzt. Vielleicht hätte ich mir die Äußerung, ich habe das Setzen bereits bei meinem Onkel kennengelernt, beim Lehrantritt verkneifen sollen. Schnell wurde mir jedoch klar, was mein Lehrmeister und Chef mit dieser Form der Ausbildung erreichen wollte. Durch die Zusammenarbeit mit mehreren Bestattungsinstituten mussten bei Bedarf auch an den Wochenenden Trauerbriefe produziert werden können. Und da kam es meinem Chef wohl gerade recht, in mir einen Kandidaten gefunden zu haben, der diese Arbeiten erledigen könnte - er musste mir lediglich den Umgang mit einer kleinen Druckmaschine beibringen lassen und schon stand seinem Vorhaben nichts mehr im Wege. Rudimentäre Kenntnisse im Bleisatz waren ja vorhanden und somit konnten zwei Fliegen mit einer Klappe geschlagen werden: ich wohnte am Ort, war also im Fall des Falles immer schnell verfügbar und ein "nein" meinerseits war mir auch wegen meiner Eltern nicht möglich. Ich war also bei Abschluss des Lehrvertrages in eine böse Falle getappt, aus der es erst einmal kein Entrinnen gab. Also fügte ich mich meinem Schicksal und tröstete mich damit, dass es ja nur besser werden könne. Und es wurde besser: während meiner Lehrzeit arbeitete ein gestandener Schriftsetzer nebenberuflich und außerhalb seiner normalen Arbeitszeit in meinem Lehrbetrieb. Diesem habe ich mich einmal anvertraut und meine Situation geschildert. Das war kurz vor meiner Zwischenprüfung. Er versprach, mir zu helfen, auch wenn das nur außerhalb der normalen Arbeitszeit möglich wäre. Dankbar nahm ich sein Angebot an, schnell entwickelte sich zwischen uns ein Vertrauensverhältnis. Bei jeder nur möglichen Gelegenheit durfte ich ihm mit Zustimmung meines Lehrmeisters über die Schulter schauen und konnte so meinen Kenntnisstand in Bezug auf die Schriftsetzerei erheblich verbessern. Das ich das alles freiwillig und ohne Bezahlung gemacht habe, möchte ich hier nur am Rande erwähnen, um das Gesamtbild abzurunden. Als dann der Termin zur Zwischenprüfung anstand war ich froh, dass mir so ein versierter Fachmann die Grundlagen des Berufsbildes Schriftsetzer vermittelt hatte. Gut vorbereitet konnte ich zum Prüfungstermin antreten und einen passablen Abschluss erreichen. Danke Alfred! Die chaotischen Missstände im Lehrbetrieb setzten sich bis zum Ende meiner Lehre fort. Zeitweise hätte hier keine Schriftsetzer-Ausbildung mehr stattfinden dürfen, da der Chef lediglich ein Meister des Buchdruckerhandwerkes war und die Schriftsetzergesellen zwischenzeitlich alle gekündigt hatten. Wir waren also in einem Ausbildungsbetrieb mit zwei Lehrlingen, aber ohne Ausbilder. Eine echt kuriose Zeit, die es zu überstehen galt und die so heute sicher nicht mehr möglich wäre. Aber die Lage entspannte sich etwas, als ein neuer Geselle seine Arbeit aufnahm und ich hatte immer noch das Glück, an der Seite von Alfred arbeiten und lernen zu können. Aber es gab auch weitere Tiefschläge. So weigerte sich mein Chef, mein Berichtsheft vor der Gesellenprüfung abzuzeichnen und begründete das damit, dass ich besser nicht zur Prüfung antreten solle, da meine Chancen auf einen positiven Abschluss aus seiner Sicht mehr als gering seien. Zum Glück konnte ich mich durchsetzen, was mein Chef mit dem Spruch kommentierte: "...selber Schuld, wenn du dich dieser Blamage aussetzen willst. Wenn du dann durchgefallen bist, kannst du gerne als Hilfsarbeiter bei mir anfangen". Und das am Tag vor der Prüfung, das baute mich auf! Mit einem mulmigen Gefühl in der Magengegend reiste ich zur Prüfung an, erledigte dort meine Aufgaben nach bestem Wissen und war nicht in der Lage, meine Leistung objektiv einzuschätzen. Mir klangen noch die Worte meines Chefs in den Ohren, was mein Urteilsvermögen zunichte gemacht hatte. Hatte ich während meines Aufenthaltes bei meiner Tante und meinem Onkel doch lange das Gefühl vermittelt bekommen, alles wäre möglich, musste ich plötzlich feststellen, dass ganz andere Dinge als Beziehungen und gesellschaftliches Standing notwendig waren, um den eigenen Platz innerhalb der Gesellschaft zu finden und dann auch zu behaupten. Innerhalb von drei Jahren wurde mein Leben und meine Einstellung zum Leben völlig auf den Kopf gestellt. Ein schwieriger Prozess auf dem Weg zur Selbstfindung für einen mittlerweile 19-Jährigen. Was nach der Gesellenprüfung folgte, waren einige Tage der Ungewissheit. Doch dann kam die erlösende Nachricht, ich hatte bestanden. Nun hieß es, noch die mündliche Prüfung zu absolvieren und danach sofort den Gesellenbrief in Händen halten zu können. Am Nachmittag dieses Tages war klar, dass ich mein Ziel und einen guten Abschluss als Schriftsetzer erreicht hatte. Und genau da blitzte sie wieder auf, meine Aufmüpfigkeit. Ohne Absprache mit meinen Eltern rief ich in meinem Lehrbetrieb an und forderte meinen Chef auf, meine Kündigung anzunehmen und die Entlassungsunterlagen vorzubereiten, die ich am nächsten Tag abholen wolle. Das war für ihn sicherlich ein sprichwörtlicher Schag ins Gesicht. Sofort nach dem Telefonat muss er sich auf den Weg zu meinen Eltern gemacht haben, um dort meine Unverschämtheit anzuprangern und daran zu erinnern, dass ich ihm ja immer noch dankbar sein müsse, da er mich seinerzeit mitten im laufenden Lehrjahr angenommen habe. So war es ihm ein letztes Mal gelungen, mir den Wind aus den Segeln zu nehmen und mir in den Rücken zu fallen. Als ich freudestrahlend mit dem Gesellenbrief zuhause eintraf, gab es anstelle von Glückwünschen nur Vorhaltungen wegen des vermeintlichen Fehlverhaltens meinerseits, aber ich ließ mich nicht beeinflussen in Bezug auf meine Entscheidung und setzte mich gegen alle Widerstände durch. Bereits vierzehn Tage später konnte ich eine für die damaligen Zeiten gut bezahlte Arbeitsstelle in einer großen Druckerei in Krefeld antreten, wo ich bis zur Einberufung zur Bundeswehr beschäftigt war. Es hätte also alles gut sein können, aber ich war nicht wirklich glücklich mit dem Leben, das ich führte. Ich wohnte noch bei meinen Eltern und musste mich den dort herrschenden Regeln anpassen. Das entsprach aber so ganz und gar nicht dem Leben, wie ich es mir vorgestellt hatte. Ich hatte mir zwar gewisse Freiheiten erkämpft, war aber trotzdem unterschwellig unzufrieden, ohne genau zu wissen, woran das lag oder was ich wirklich wollte. Das hing sicherlich auch damit zusammen, dass ich in meinem Heimatort mehr oder weniger ein Einzelgänger war. Hier hatten sich während der Jahre meiner Abwesenheit Cliquen gebildet und Freundschaften entwickelt, die bereits in der Schulzeit begonnen hatten und für mich als "Fremden" war es schwer, Anschluss zu finden. Ich war zwar kein Außenseiter, war aber auch nicht zu einhundert Prozent integriert. Ich konnte das aber ganz gut kompensieren, da ich während meiner Berufsschulzeit Freundschaften mit Klassenkameraden geschlossen hatte, die aber auf Grund der Entfernungen unserer Wohnorte nicht ganz einfach zu pflegen waren. Trotz allem nahm ich natürlich am gesellschaftlichen Leben in meinem Umfeld teil und konnte meinen Platz ganz gut behaupten. Altersbedingt war in dieser Lebensphase das Thema Mädchen und Freundin immer präsent und nach wenigen und eher kurzen Liebschaften lernte ich dann ein Mädel kennen, zu dem ich mich mehr hingezogen fühlte und diese Gefühle wurden von ihr erwidert. Sie war ein Jahr jünger als ich und hatte bereits einen Sohn, was mich aber nicht störte. Ob das wirklich Liebe war, vermag ich heute noch nicht zu sagen und ob wir den Rest des Lebens gemeinsam verbringen wollten, dieser Frage haben wir uns nie ernsthaft gestellt. Dann überschlugen sich die Ereignisse: meine Freundin wurde schwanger von mir und mir wurde der Einberufungsbescheid zur Bundeswehr zugestellt. Nachdem wir unseren Eltern die Schwangerschaft gebeichtet hatten, war schnell klar, dass wir uns der Verantwortung stellen würden und ebenso klar war uns auch, dass wir heiraten würden. Das war auch ein wenig dem familiären Druck geschuldet, kamen wir doch beide aus bürgerlichen Verhältnissen. Mir war das zu dem Zeitpunkt sehr recht, sah ich doch darin die Chance, ein selbstbestimmtes Leben führen zu können. Über die extreme Verantwortung, die wir uns damit aufbürdeten, waren wir uns wohl beide nicht völlig im Klaren. Schnell war eine kleine Wohnung gefunden, in die wir noch vor meiner Bundeswehrzeit einziehen konnten. Zum Glück hatte ich ja noch eine gut bezahlte Arbeitsstelle und wir waren finanziell abgesichert. Auch ein Hochzeitstermin stand schnell fest, dass dieser genau in die Zeit meines Grundwehrdienstes, den ich inzwischen angetreten hatte, fallen würde, damit hatte niemand gerechnet. So, wie es Ender der 60er Jahre noch üblich war, bekam ich für die Trauung einen Urlaubstag, musste aber am gleichen Abend wieder zum Dienst antreten. So fand die Hochzeit im engsten Familienkreis und eher emotionslos statt und anstelle einer Hochzeitsnacht gab es für mich eine Nacht unter Bundeswehrkameraden. Meine schwangere Frau musste von Beginn unserer Ehe an ihr Leben alleine meistern, ich kam wie ein Besucher lediglich an den Wochenenden nach Hause. Aber alles funktionierte, auch dank der Unterstützung unserer Eltern. So verging die Zeit und neun Monate später brachte meine Frau einen gesunden Sohn zur Welt. Ich hatte da gerade die Hälfte meines achtzehnmonatigen Wehrdienstes abgeleistet und war deshalb nach wie vor eher selten bei meiner jungen Familie, bei meiner Frau und meinen beiden Söhnen. Die extreme Belastung mit zwei Buben und dem Haushalt war mit ausschlaggebend dafür, dass sich meine Frau immer mehr abkapselte, sie ging voll und ganz auf in ihrer Rolle als Mutter. Ich selbst bekam davon zunächst wenig mit, ich hatte ja meine Bundeswehrkameraden, mit denen ich viel Zeit verbrachte, wir zogen ins Manöver und erlebten die eine oder andere Übung gemeinsam. So kam für mich kaum Langeweile auf und es gab wenig Raum, mir ernsthafte Gedanken über die Zukunft zu machen. Es wird schon irgendwie klappen, dachte ich in der Zeit. Finanziell waren wir ja abgesichert und wenn es doch einmal eng wurde, hatten wir ja noch unsere Eltern, die uns helfend zur Seite standen. Nachdem ich meine Bundeswehrzeit absolviert hatte, kehrte ich ins Berufsleben zurück und wir schmiedeten Pläne für die Zukunft. Teil dieser Pläne war ein Umzug in eine größere Wohnung und ein eigenes Auto sollte her. Beides konnten wir relativ schnell in die Tat umsetzen, ich ging in meinem Beruf auf, schließlich hatte ich nach der Bundeswehr einen neuen, verantwortungsvollen Job angenommen: ich arbeitete in der Lehrwerkstatt einer Großdruckerei und war mit verantwortlich für die Ausbildung von zeitweise mehr als zwanzig Auszubildenden aus allen Lehrjahren. Außerdem hatte ich einen Nebenjob in einer kleinen Druckerei. Ich wollte etwas Geld dazuverdienen, damit wir uns neben dem alltäglichen Bedarf auch den einen oder anderen Luxusartikel leisten konnten. Ich entwickelte mich zu einem echten Workaholic und bemerkte nicht, dass meine Frau sich immer mehr veränderte. Es kamen unterschwellige Unterstellungen, ich würde fremdgehen. Dieses leidige Thema wurde zu einem echten Problem und sorgte für heftige Spannungen zwischen meiner Frau und mir. Für mich ist es bis heute nicht zu verstehen, dass diese Gerüchte auch durch unwahre Bemerkungen von Seiten der Geschwister meiner Frau gestützt wurden. Ich selber kann mit gutem Gewissen behaupten, dass diese Gerüchte jeglicher Grundlage entbehrten. Ich war zwar einem Flirt gegenüber nie abgeneigt, aber fremdgehen war ein absolutes Tabu für mich. In der Folgezeit versuchten wir, unser gemeinsames Leben zu managen, so gut es ging und alle Themen, die heikel hätten sein können, wurden totgeschwiegen. Unsere Kinder wuchsen heran, kamen in die Schule und wir konzentrierten uns darauf, sie so gut wie möglich zu unterstützen und zu fördern. Eigentlich war alles gut, so wie es war und wir lebten unser Leben, indem wir Probleme nicht anspra-chen sondern versuchten - jeder für sich alleine - damit klar zu kommen. Dieser Kompromiss, den wir stillschweigend eingegangen waren, war ausschlaggebend dafür, dass wir nach außen hin wie eine Bilderbuchfamilie dastanden. Wir waren gerne gesehen bei Familienfeiern, hatten einen kleinen Freundeskreis für gemeinsame Unternehmungen und auch unsere Kinder forderten ihr Recht auf Gemeinsamkeit. Die Jahre zogen ins Land und wir hatten uns mit dem Ist-Zustand so weit wie möglich arrangiert. Ich fand Anerkennung in meiner Arbeit und meine Frau ging auf in der Rolle als Hausfrau und Mutter. Was zu der Zeit nicht mehr oder nur noch äußerst selten stattfand, war Gemeinsamkeit zwischen mir und meiner Frau - wir lebten eher wie Geschwister miteinander. Aber auch damit hatten wir uns weitestgehend abgefunden, als ein einschneidendes Ereignis uns völlig aus der Bahn warf. Unsere beiden Söhne waren mittlerweile neun bzw. zehn Jahre alt und fast immer ein Herz und eine Seele, sie spielten und tobten mit ihren Freunden und auch wenn sie einmal alleine waren, kam keine Langeweile auf. Sie fanden fast immer eine Möglichkeit, sich gemeinsam die Zeit zu vertreiben. So war das auch an dem Tag, als das Schicksal völlig erbarmungslos zuschlug.

Ein herber Schicksalsschlag, der mein Leben veränderte

Es begann völlig harmlos. Die beiden Jungs wollten angesichts des schönen Wetters noch ein wenig mit dem Rad fahren und setzten dieses Vorhaben auch um. Doch bereits nach wenigen Minuten kam der jüngere der beiden Kids angerannt und schilderte unter Tränen, sein Bruder sei mit dem Fahrrad gestürzt. Wir eilten zum Ort des Geschehens und stellten dort zunächst fest, dass es neben ein paar Hautabschürfungen wohl keine bedenklichen Verletzungen gab. Erleichtert darüber trösteten wir die beiden und versorgten die kleinen Blessuren. Zunächst schien auch alles gut zu sein, bis der Große dann plötzlich über heftige Bauchschmerzen klagte. Er schilderte uns erst in dem Zusammenhang, er sei über den Fahrradlenker geflogen und habe sich dabei den Bauch angeschlagen. Wir waren zunächst etwas ratlos und entschlossen uns schließlich, mit ihm zum Krankenhaus zu fahren. In der dortigen Notaufnahme fand sofort eine eingehende Untersuchung statt und die Ärzte regten an, sicherheitshalber noch eine Röntgenaufnahme des

Bauchraumes zu machen. Wir stimmten dem zu, mussten allerdings noch bis zum nächsten Tag warten, bis das Ergebnis vorlag. Bis dahin musste unser Großer zur Beobachtung im Krankenhaus bleiben. Voller Ungewissheit fuhren wir an diesem Abend nach Hause und jeder war mit seinen eigenen Gedanken beschäftigt. Ich habe noch kurz mit meinem damaligen Arbeitgeber telefoniert und mir für den nächsten Tag frei genommen. Nach einer unruhigen Nacht machten wir uns am nächsten Morgen auf den Weg zum Krankenhaus und gingen zu dem Zeitpunkt noch davon aus, dass wir unseren Sohn wieder mit nach Hause nehmen würden. Aber es kam völlig anders.

Als wir das Krankenzimmer betraten, lag unser Sohn in seinem Bettchen, er hing an einem Tropf. Aber er freute sich, uns zu sehen und plapperte sofort los, um zu schildern, was er alles erlebt hatte in der kurzen Zeit. Er schien sich recht wohl zu fühlen, wenngleich er natürlich auch davon ausging, dass wir ihn mit nach Hause nehmen würden. Dann betrat ein Arzt das Krankenzimmer und bat uns in einen Besprechungsraum - was mir schon etwas seltsam vorkam. Dort angekommen kam er ohne große Umschweife auf den Grund für das Zurückziehen ins Besprechungszimmer und sagte uns, die erste Diagnose laute auf Krebs - das habe er nicht im Beisein unseres Sohnes ansprechen wollen. Es dauerte einen Augenblick, bis wir verstanden, was der Arzt uns gerade eröffnet hatte, dann setzte so etwas wie Schockstarre ein. Noch bevor wir uns davon erholen konnten, fuhr der Arzt mit seinen Erläuterungen fort: unser Sohn habe einen großen Tumor im Oberbauch, außerdem sei Blutkrebs diagnostiziert worden. Der Gesamtzustand sei lebensbedrohlich. Diese Aussage löste bei meiner Frau einen heftigen Schreikrampf aus und sie rannte total verwirrt aus dem Zimmer. Ich wollte ihr folgen, konnte aber nicht - ich hatte nicht nur sprichwörtlich weiche Knie, ich konnte einfach nicht aufstehen. Ich nahm kaum noch wahr, was der Arzt weiter zu sagen hatte, in meinem Kopf herrschte völlige Leere und ich war nicht in der Lage, einen klaren Gedanken zu fassen oder irgendwelche Fragen zu stellen. Ich vermag nicht zu beschreiben, was in mir vorging. Gedankenfetzen rasten durch meinen Kopf - das kann nicht sein... Fehldiagnose... das glaub ich einfach nicht... niemals... das hätten wir doch früher schon bemerkt... und jetzt wollte ich nur noch weg und alleine sein. Ich bin mir ziemlich sicher, dass es meiner Frau ebenso erging zu diesem Zeitpunkt, gesprochen haben wir aber nie darüber. Wortlos verließ ich damals das Besprechungszimmer und zog mich zurück auf einen Raucherbalkon, den es damals an Krankenhäusern wirklich noch gab. Ich weiß nicht, wieviele Zigaretten ich geraucht habe, bevor ich den Balkon verlassen habe - aber ich weiß noch, wie meine Gedanken darum kreisten, wie man das seinem Kind vermitteln soll und ich war verzweifelt, weil ich keine Lösung fand. Er war doch immer ein ganz normaler Junge gewesen, war bis auf die üblichen Kinderkrankheiten nie ernsthaft erkrankt, war ein recht guter Schüler, nie auffällig, trieb Sport und erfreute sich des Lebens. Und dann war ja da noch der jüngere Bruder - sein bester Freund, ständiger Begleiter, Spielkamerad und Vertrauter - sie hatten immer ein enges Verhältnis untereinander und gemeinsam so manchen Streich ausgeheckt. Und jetzt solle das alles vorbei sein? Wie hatte der Arzt gesagt? Lebensbedrohlich?!

Wie soll man das denn seinen Kindern erklären, habe ich mich immer wieder gefragt, aber ich konnte keine schlüssige Antwort darauf finden. Inzwischen war auch meine Frau wieder aufgetaucht. Sie kam in Begleitung einer Krankenschwester, die mir berichtete, man habe meiner Frau ein Beruhigungsmittel verabreicht. Es muss ein starkes Medikament gewesen sein, denn sie wirkte völlig apathisch und war nicht ansprechbar. Dabei stand uns der schlimmste Gang noch bevor - wir mussten zurück zu unserem Kind und ihm sagen, dass es noch länger im Krankenhaus verweilen müsse. Irgendwie haben wir das hinter uns gebracht und ich schaffte es sogar, nachdem wir zu Hause einige Sachen zusammengepackt hatten, noch einmal hin zu fahren und einige Zeit bei ihm zu bleiben. Woher ich diese Kraft genommen habe, ist mir schleierhaft. Am Abend habe ich dann versucht, meine Gedanken zu sammeln und mit meiner Frau die nächsten Schritte zu besprechen, ohne genau zu wissen, was auf uns zukommen würde. Aber meine Frau wollte nicht reden, sie machte einfach dicht, schottete sich ab und war auch für gute Argumente nicht mehr zugänglich. Sie wollte sich mit der Thematik nicht befassen, die gesamte Verantwortung lastete seit dem auf meinen Schultern und zeitweise hatte ich das Gefühl, unter der Last zu zerbrechen. Aber zu diesem Zeitpunkt war mir noch nicht klar, wie schwierig es werden würde, die Verantwortung wirklich zu übernehmen. Ich fühlte mich alleine gelassen - ein Gefühl, das mich auch in meiner Jugend schon manchmal beschlichen hatte.

Um diese Schwierigkeiten zu verdeutlichen, bedarf es einiger Erklärungen. Bei dem Kind, welches jetzt dem Tode geweiht im Krankenhaus lag, handelte es sich um das Kind, welches meine Frau mit in die Ehe gebracht hatte. Ich war also nicht der leibliche Vater. Wir hatten zwar kurz nach der Eheschließung eine Namensangleichung erwirkt, damit der Junge unseren gemeinsamen Ehenamen tragen konnte und vor möglichen bösen Bemerkungen geschützt war. Außerdem hatten wir in einem lange andauernden Kampf erreicht, dass wir das gemeinsame Sorgerecht ausüben durften. Das alles waren für mich Selbstverständlichkeiten und gefühlsmäßig war er vom ersten Tag an wie mein eigenes Kind. Leider sahen meine Schwiegereltern das völlig anders.

Für sie war es immer der Lieblingsenkel, er genoss bei ihnen Vorzüge, die unser zweiter Sohn nie erlebte. Weitere Einzelheiten darüber, wie sich das geäußert hat, möchte ich mir hier ersparen, um keine alten Wunden aufzureißen.

Ausgerechnet in dieser schweren Zeit, die wir gerade durchlebten, brach das alte Misstrauensverhältnis zwischen mir und meinen Schwiegereltern wieder auf. Sie sprachen mir die Loyalität ab und das Vertrauen, Entscheidungen im Sinne unseres kranken Kindes treffen zu können. Aber zum Glück prallte das alles von mir ab, es gab zu viele wichtige Schritte, die zu gehen waren. Einer dieser Schritte war es, sich umfassend informieren zu lassen, wie es wirklich um unseren Sohn stand. Es folgten zahlreiche Gespräche mit den behandelnden Ärzten, bei denen ich immer alleine zugegen war, während meine Frau sich am Krankenbett bei unserem Sohn aufhielt. Im Verlaufe dieser Gespräche wurde klar, wie schlimm das Krankheitsbild wirkich war. Nach weiteren Untersuchungen und einer Operation hatte sich gezeigt, dass der große Tumor inoperabel war, weil dieser schon mit zu vielen lebenswichtigen Organen verwachsen war. Auch in Bezug auf den Blutkrebs gab es keine positiven Nachrichten. Man könne lediglich durch eine Chemotherapie erreichen, dass sich das Krankheitsbild nicht rasend schnell weiter verschlechtere, aber eine Heilung sei ausgeschlossen. Die Ärzte legten mir nahe, die verbleibende Zeit mit unserem Sohn so angenehm und intensiv wie möglich zu gestalten. Eine Prognose dazu, wieviel gemeinsame Zeit uns noch verbleiben könne, war unmöglich. Nur ganz langsam wurde mir klar, dass sich das Leben von einem auf den anderen Tag verändert hatte und dass das Damoklesschwert des Todes immer über unseren Köpfen schweben wird - bis zum bitteren Ende.

In den Folgemonaten waren zahlreiche weitere Behandlungen notwendig, die Chemotherapie hatte begonnen und die meist sehr heftigen Reaktionen unseres Sohnes darauf miterleben zu müssen, das war teilweise niederschmetternd. Grundsätzlich war die Chemotherapie als ambulante Behandlung angelegt, aber es war unserem Sohn freigestellt, ob er nach den jeweiligen notwendigen

Behandlungen im Krankenhaus bleiben wolle oder ob er lieber mit nach Hause möchte. Diese Entscheidungen traf er ganz spontan und wir mussten immer damit rechnen, dass er erneut ungewisse Zeit im Krankenhaus verbringen würde. Es war ein auf und ab der Gefühle und wir klammerten uns an Strohhalme, wenn sich der Allgemeinzustand so weit gebessert zu haben schien, dass unser Sohn zuhause sein konnte. Aber diese Gelegenheiten wurden immer seltener, der kleine Körper war einfach schon zu sehr geschwächt. So fiel dann irgendwann die Entscheidung, aus der ambulanten Behandlung einen stationären Krankenhausaufenthalt zu machen. Wir durchlebten alle bekannten Phasen dieser grausamen Krankheit. Unserem Sohn fielen die Haare aus, sein Körper war durch die Medikamente aufgeschwemmt und das Sprechen fiel ihm schwer. In dieser Zeit bekam er bei einem Besuch meiner Schwiegereltern ein riesiges, ferngesteuertes Auto geschenkt, welches er sich vor Bekanntwerden seiner Krankheit immer so sehr gewünscht hatte. Als ich dann am gleichen Abend zu Besuch kam, stellte ich zum ersten Mal fest, dass unser Sohn wohl sehr genau geahnt haben muss, wie es um ihn stand. Er bat mich an dem Abend, sein tolles Geschenk mitzunehmen und es seinem Bruder zu geben. "Ich werde damit sicher nie mehr spielen können...", sagte er damals zu mir. Dieser Satz war für mich wie ein Stich ins Herz. Ich ließ mir nichts anmerken, sprach mit ihm darüber, dass seine Schulkameraden sich nach ihm erkundigt hätten und bestellte die Grüße, die ich aus dem Kreis der Familie ausrichten sollte, um die Situation etwas zu entkrampfen. Ich blieb an diesem Abend außergewöhnlich lange und war sehr überrascht, als mich eine Krankenschwester beim Verlassen des Krankenzimmers ansprach. Es hatte zwar immer wieder einmal Gespräche mit den Schwestern und Pflegern der Station gegeben, die sich aufopferungsvoll um die Patienten der Krebsstation bemühten. Was mir die Krankenschwester an diesem Abend anbot, verschlug mir jedoch fast die Sprache: sie eröffnete mir, dass es nach Absprache mit den Ärzten möglich sei, ein zweites Bett in das Zimmer zu stellen und einer von uns könne über Nacht bleiben, wenn wir das wollten. Bei diesem Angebot brauchte ich keine Bedenkzeit, ich stimmte sofort zu. Es bedurfte noch einiger organisatorischer Dinge, bis der Plan umgesetzt werden konnte, aber nach zwei oder drei Tagen sollte das Bett im Zimmer stehen. Zu der Zeit hatten wir die Besuche so geregelt, dass meine Frau sowie die anderen Besucher am Morgen oder im Laufe des Tages zum Krankenhaus fuhren, ich selber begab mich dann immer nach der Arbeit dorthin. Mein damaliger Arbeitgeber zeigte sehr viel Verständnis und stellte mir sogar frei, morgens später zur Arbeit zu kommen, wenn es die Situation erfordern würde. Noch bevor der Plan des zweiten Bettes realisiert war, kam es erneut zu einem Gespräch zwischen mir und meinem Sohn, in dem er mir eröffnete, dass er keinen Besuch mehr haben wolle. Ich hatte sofort einen mächtigen Kloß im Hals und hatte keine Ahnung, wie ich darauf reagieren sollte. Aber es bedurfte auch keiner Reaktion meinerseits, denn er sagte weiter, ich solle der Einzige sein, der weiter zu ihm kommen dürfe. Ich hatte Tränen in den Augen und verstand nicht so recht, was gerade passiert war. Aber ich versprach, dass wir seinen Wunsch respektieren würden, ohne zu wissen, wie denn meine Frau, die Großeltern oder auch sein Bruder reagieren würden. Zu meiner Überraschung nahmen sie diese Neuigkeit jedoch vergleichsweise gefasst auf, es schien fast so, als hätten sie damit gerechnet. Ich habe keine Ahnung, ob mein Sohn auch mit ihnen darüber gesprochen hatte.

Jedenfalls wurde mir an dem Tag klar, dass ich mit der Zustimmung, ein zweites Bett in sein Zimmer stellen zu lassen, genau die richtige Entscheidung getroffen hatte. Von dem Tag an verbrachte ich meine Nächte im Krankenzimmer, fuhr von dort zu meiner Arbeitsstelle und von der Arbeit aus wieder zurück zum Krankenhaus. Gelegentlich machte ich einen Abstecher nach Hause, um meine Frau auf dem Laufenden zu halten, um mich mit frischer Wäsche einzudecken und um zu duschen. Der Gesundheitszustand meines Sohnes verschlechterte sich zusehends, der Tumor drückte auf seine Lunge und die Luftröhre und das Atmen fiel ihm immer schwerer. Er bekam einen Dauerzugang für Morphium, um seine Schmerzen zu lindern. Er war sehr geschwächt, geistig oft abwesend durch das Morphium, aber wenn ich da war, hielt er meine Hand immer ganz fest umklammert. An einem Sonntag kam es dann noch einmal zu einem für mich einschneidenden Erlebnis. Ich war wie immer an seinem Krankenbett, der Fernseher lief mit einer dieser typischen Kindersendungen, die mein Sohn sich gerne anschaute. Das war ein Sonntag, an dem auch ein Formel-Eins-Rennen übertragen werden sollte. Mein Sohn kannte meine Leidenschaft für den Motorsport und nach einem Blick auf die große Wanduhr, die in seinem Zimmer hing, sagte er völlig unvermittelt, ich solle doch bitte zur Formel Eins schalten. Als ich darauf antwortete, er solle seine Kindersendung weiter schauen - mir stand der Sinn sowieso nicht nach Fernsehablenkung - sagte er zu mir: "...Papa, du tust so viel für mich, jetzt möchte ich was für dich tun...". Spätestens da wusste ich, ich hatte zumindest in Bezug auf meinen Sohn alles richtig gemacht.

Mein Pendeln zwischen Arbeitsstelle und Krankenhaus dauerte etwa drei Monate, in denen ich mir dort vorkam wie ein Teil einer großen Familie aus Gleichgesinnten. Ich bekam im Krankenhaus Kaffee nach Bedarf, es gab Essen und immer wieder aufbauende Gespräche mit dem gesamten Pflegestab. Das hat sich als etwas Besonderes in meinem Bewusstsein eingeprägt. Aber ich wusste auch, dass mein Aufenthalt im Krankenhaus zeitlich begrenzt sein würde und mit jedem Tag näherte sich der Tod ein kleines Stückchen. Er wurde Realität an einem Abend, an dem ich mich erst kurz bei meinem Sohn aufgehalten hatte. Der Tumor hatte derart gewuchert, dass er die Luftröhre abdrückte. Nach einem kurzen Todeskampf verstarb mein Sohn in meinen Armen - er war erstickt. Es gab einfach keine Hilfe mehr. Der geschwächte Körper konnte sich nicht mehr zur Wehr setzen. Mir wurde meine absolute Hilflosigkeit bewusst, aber ich tröstete mich damit, dass für meinen Sohn die Qualen endlich ein Ende hatten. Wirklich getröstet hat mich das aber nicht, zu tief saß der Schmerz und die Trauer und ich hatte noch den schweren Gang vor mir, meine Frau und meinen zweiten Sohn sowie die Großeltern zu informieren. Ich habe eine ganze Weile gebraucht und mich gefragt, wo ich die Kraft hernehmen solle, um diese Botschaft zu überbringen. Ich glaube, ich bin eine Stunde lang im Park der Krankenhausanlage umhergeirrt, habe überlegt, mir eine Flasche Schnaps zu kaufen, ich konnte einfach keinen klaren Gedanken fassen. Ich hatte mir gewünscht, jemanden zu haben, der mich an die Hand genommen und die nächsten Schritte mit mir gemeinsam gemacht hätte. Aber ich war alleine, verzweifelt und ich steckte gefühlsmäßig mitten drin im Gefühl Endzeit-Blues. An diesem Tag habe ich meinen Glauben verloren, den Glauben an einen Gott, den Glauben an die Medizin und den Glauben an die Gerechtigkeit. Ich weiß nicht mehr, wie lange ich in dem Park umhergeirrt bin, aber mittlerweile war es dunkel geworden. Irgendwann an diesem Abend fasste ich den Entschluss, mich in mein Auto zu setzen und die Fahrt nach Hause anzutreten. Wie ich diese Fahrt schadlos überstehen konnte, vermag ich nicht mehr zu sagen. Immer wieder wanderten meine Gedanken ab zu dem, was vor wenigen Stunden geschehen war und zu der Frage, wie ich die traurige Botschaft überbringen solle. Doch die Antwort zu dieser Frage wurde mir abgenommen. Als ich zuhause angekommen war und die Wohnungstür öffnete, stand meine Frau im Hausflur, sie wusste wohl instinktiv, was passiert war und sie brach sofort in Tränen aus. Ansonsten herrschte gespenstische Stille, eine Stille, die man fast körperlich hätte spüren können. Ich informierte noch die Großeltern und war danach am Ende meiner Kräfte, ich war nicht mehr in der Lage, einen klaren Gedanken zu fassen. Ich verfiel in eine Art Trance und lethargisch verbrachte ich die Nacht im Wohnzimmer auf der Couch. Wann und wie ich mit meinem zweiten Sohn gesprochen habe, das ist mir nicht im Gedächtnis geblieben - ich weiß nicht einmal, ob ich überhaupt mit ihm über den Tod seines Bruders gesprochen habe.

Der neue Tag brachte dann eine Fülle von Aufgaben, die erledigt werden mussten. Da waren zum Beispiel die Gespräche mit dem Bestatter und dem Pfarrer unserer kleinen Heimatgemeinde, mein Arbeitgeber musste informiert werden, damit ich mir ein paar Tage frei nehmen konnte. Das alles habe ich erledigt wie ein Roboter, ich habe einfach nur funktioniert. Ansonsten herrschte Stille. Gespräche mit meiner Frau waren nicht möglich, sie verweigerte sich und erstickte jeden Gesprächsversuch bereits im Keim. Das änderte sich auch in den nächsten Tagen nicht. Das Leben zog in dieser Zeit an uns vorbei, den Tag der Beerdigung brachten wir irgendwie hinter uns. Die überaus große Anteilnahme und die zahlreichen Kondolenzbekundungen nahmen wir zwar wahr, aber den Schmerz über den Verlust konnte das alles auch nicht nehmen. Im Gegenteil. Der Tag der Beerdigung machte uns die Endgültigkeit des Geschehenen noch einmal ganz deutlich. Ein junger Mensch war nicht mehr und dieser junge Mensch war einer unserer Söhne. In der Folgezeit ging jeder von uns anders mit der Trauerarbeit um. Ich stürzte mich recht schnell wieder in die Arbeit, meine Frau kapselte sich völlig ab. Ich arbeitete in dieser Zeit oft bis spät in die Nacht, hatte zeitweise zwei Nebenbeschäftigungen und war irgendwie froh, nicht so lange zuhause zu sein.

Ein Dasein zwischen Tod und neuem Leben

An dieser Stelle muss ich meinem jüngeren Sohn einige Zeilen widmen. Er war sicherlich in der vergangenen Zeit viel zu kurz gekommen und wurde, wie mir aber erst heute klar ist, völlig alleine gelassen mit seinen Empfindungen. Es gab kaum Gespräche, wenig Trost für ihn und er muss sich sehr einsam vorgekommen sein. Er verbrachte viel Zeit im Kinderzimmer, in dem Zimmer, in dem er fast zehn Jahre lang viel Zeit mit seinem Bruder verbracht hatte, wo sie gespielt, getobt und natürlich hin und wieder auch gestritten hatten. Alles in dem Zimmer muss ihn immer wieder an seinen Bruder erinnert haben und wir haben es versäumt, ihm in dieser Zeit unsere Hilfe anzubieten. Wir waren viel zu sehr mit uns selber beschäftigt, obwohl wir ihm hätten sagen müssen, dass wir für ihn da sind. Er veränderte sich, was wir zwar bemerkten aber nicht zum Anlass nahmen, ihn in den Arm zu nehmen und zu trösten. Die Zeit verging, es setzte langsam wieder so etwas wie Normalität ein. Wir begannen wieder zu leben und auch meiner Frau gelang es mehr schlecht als recht, das Leben so anzunehmen, wie es nun einmal war. Ich unternahm viel mit meinem Sohn, wir machten gemeinsame Unternehmungen und fuhren regelmäßig zu Autorennen. Ich kümmerte mich um seine schulischen Belange, er blühte auf. Wir redeten mehr miteinander, waren uns näher als je zuvor, auch wenn es nie ein Gespräch über den Tod seines Bruders gegeben hatte. Er hat die Trauerarbeit für sich alleine bewältigt.

Auch meine Frau schien damals wieder aus ihrer Schockstarre zu erwachen und wir konnten wieder miteinander reden. In diesen Gesprächen, die sich meist um alltägliche und eigentlich belanglose Dinge drehten, äußerte sie immer häufiger den Wunsch, noch ein Kind haben zu wollen. Sie hatte wohl die Hoffnung, unsere Ehe damit wieder festigen zu können, denn ein richtiges Eheleben führten wir immer noch nicht. Obwohl wir nur noch sehr selten intim wurden miteinander eröffnete mir meine Frau eines Tages, sie sei schwanger. Ich wusste nicht, wie ich mit dieser Botschaft umgehen sollte, aber ich weiß noch, dass bei mir nicht wirklich Freude darüber aufkam. Ich hatte erhebliche Zweifel daran, dass sich unser Verhältnis zueinander durch ein weiteres Kind noch einmal verbessern könnte. Die Frage, das Kind nicht zu bekommen stellte sich aber für uns nicht und neun Monate später gebar meine Frau eine Tochter. Da ich mich während dieser neun Monate an den Gedanken gewöhnen konnte, noch einmal Vater zu werden, war dann doch trotz aller anfänglichen Skepsis die Freude über eine gesunde Tochter riesengroß und auch unser Sohn freute sich über sein Schwesterchen. Ich konnte ja nicht ahnen, dass sich das gesamte Leben meiner Frau auf die Kleine fokussieren würde. Sie ging völlig auf in der Aufgabe, sich um den Säugling zu kümmern und unser Sohn und ich standen noch mehr im Hintergrund, als es vorher jemals der Fall war. Unser Sohn kompensierte das damit, dass er sich ebenfalls liebevoll um seine Schwester kümmerte und er kam scheinbar gut klar mit den neuen Lebensumständen. Dass ich selber litt unter der Situation, versuchte ich so gut wie möglich zu verbergen und wir lebten noch etwa vier Jahre wie eine traute Familie zusammen, diesen Eindruck vermittelten wir zumindest nach außen hin. In dieser Zeit wurde bei mir das Bedürfnis nach körperlicher Nähe immer stärker.

Meine Frau wollte oder konnte mir dieses Gefühl nicht vermitteln und ich muss zugeben, dass ich schon das eine oder andere mal über eine Trennung nachdachte. Der Wunsch, dass ich mir über mich selbst und über mein Leben mit Mitte dreißig Jahren im klaren werden wollte, beschäftigte mich immer mehr und so fasste ich eines Tages den Entschluss, mir eine Auszeit zu nehmen. Ich wusste noch nicht genau, wie diese Auszeit aussehen sollte. Also fuhr ich an einem Abend nach der Arbeit ziellos mit dem Auto durch die Gegend und fand mich plötzlich auf der Autobahn wieder. Ohne das wirklich vorher geplant zu haben war ich auf dem Weg nach Hessen, dahin, wo ich meine Kindheit verbracht hatte. Ich mietete mich in einem Hotel ein und rief mitten in der Nacht meine Frau an, um ihr mitzuteilen, dass ich für einige Tage nicht nach Hause kommen würde. Dann legte ich einfach auf, ohne sie weiter zu Wort kommen zu lassen. Am nächsten Morgen - ich hatte erstaunlich gut geschlafen - begab ich mich in den Frühstücksraum des Hotels und wollte mir überlegen, wie es weiter gehen sollte. Dann passierte etwas, womit ich am allerwenigsten gerechnet hatte: plötzlich stand meine ehemalige Schulfreundin im Raum, mit der mich eine damals noch kindliche, gemeinsame Zeit verband. Zunächst waren wir beide sprachlos, doch nach den ersten Sekunden der Verwunderung kam sie an meinen Tisch, wir begrüßten uns und wechselten einige belanglose Sätze. Dabei stellte sich heraus, dass sie in diesem Hotel angestellt war und wir verständigten uns darauf, uns noch einmal zum Kaffeetrinken zu treffen. Ich nutzte den Tag, um mich in der alten Heimat umzuschauen. Besuchte die Plätze, an denen ich meine Kinderzeit verbracht hatte, ich schaute mir das ehemalige Haus meiner Tante und meines Onkels an, die Schulen und ich wanderte durch den Stadtpark. Und ich freute mich auf das Treffen mit der Schulfreundin am Nachmittag. Zum ersten Mal seit langer Zeit fühlte ich mich richtig wohl und hatte nicht einmal ein schlechtes Gewissen angesichts der Tatsache, dass ich meine Familie verlassen hatte. Ich kam aber auch nicht dazu, mir über mich selbst und meine Zukunft Gedanken zu machen. Zu sehr war ich in Kindheitserinnerungen gefangen. Am Nachmittag dann das Treffen mit meiner ehemaligen Schulfreundin. Bei Kaffee und einem Stückchen Kuchen sprachen wir über die alten Zeiten, plauderten darüber, wie es den Klassenkameraden in der Zwischenzeit ergangen war und tauschten Episoden aus der Schulzeit aus. Es war ein nettes, ungezwungenes und unverfängliches Gespräch und die Zeit verging wie im Fluge. Am frühen Abend verabschiedete sie sich mit den Worten, sie habe noch einiges zu erledigen und ich kehrte in mein Hotelzimmer zurück. Tausende von Gedanken schwirrten durch meinen Kopf, ich ließ das nette Gespräch und meine Kindheit noch einmal vor dem geistigen Auge Revue passieren und muss dann irgendwann eingeschlafen sein. Als ich am nächsten Morgen aufwachte fühlte ich mich gut, ich war ausgeruht, gut gelaunt und fast ein wenig euphorisch. Und ich muss zugeben: ich freute mich darauf, meine Schulkameradin wiederzusehen. Also hieß es für mich nach dem Duschen, schnell runter in den Frühstücksraum. Ich setzte mich an einen freien Tisch in der Ecke des Raumes und schlürfte gedankenverloren an meinem Kaffee. Meine Schulfreundin konnte ich nicht erblicken, auch nicht, nachdem ich noch eine weitere Tasse Kaffee getrunken hatte. Ein wenig geknickt zog ich mich auf mein Zimmer zurück und fand so die Gelegenheit, über die

Zukunftsgestaltung nachzudenken. Das Bild, welches ich dabei im Kopf hatte, war aber noch sehr diffus, mir war lediglich klar, dass ich so, wie es bisher war, nicht weiter machen wollte. Eine Lösung dafür hatte ich aber noch nicht vor Augen. Es gab gefühlt tausende von Szenarien, die ich im Kopf durchspielte, was jedoch alles nicht zu einem wirklichen Ergebnis führte. So aufgewühlt beschloss ich, noch einen Spaziergang zu unternehmen, um den Kopf frei zu bekommen. Gedankenverloren schlenderte ich durch das Städtchen, konnte keinen klaren Gedanken mehr fassen. Und dann sah ich sie wieder. Mein Herz klopfte bis zum Hals, als ich auf sie zuging und ich fühlte mich wieder in meine Schulzeit zurückversetzt, in der wir uns jeden Tag gesehen hatten. Wir begrüßten uns, kamen sofort wieder ins Plaudern und nichts war fremd zwischen uns. Irgendwie verspürte ich den Drang und das Bedürfnis, ihr mein Herz auszuschütten. Ich erzählte ihr von meinem unerfüllten Leben und meiner scheinbar ausweglosen Situation. Sie hatte frei an diesem Tag und ich unterbreitete den Vorschlag, das Gespräch bei einer Flasche Wein in meinem Hotelzimmer fortzusetzen. Eigentlich mochte ich keinen Wein, ich hatte auch ansonsten dem Alkohol abgeschworen. Aber ich glaubte, das mit dem Wein sei trotzdem eine gute Idee. Sie stimmte zu und wir machten uns auf den Weg zum Hotel. Etwas nervös und aufgeregt wie ein Primaner beim ersten Date, öffnete ich die Weinflasche und wir prosteten uns zu. Ich redete wie ein Wasserfall, ich glaube, sie kam kaum zu Wort. So konnte ich mir meinen ganzen Frust von der Seele reden und sie war eine gute Zuhörerin. Dann wollte ich sie einfach nur einmal in den Arm nehmen, um mich bei ihr für ihre Geduld zu bedanken. Dabei knisterte es gewaltig zwischen uns und ich bin mir fast sicher, dass wir beide an diesem Abend im Bett gelandet wären, wenn wir es einfach nur zugelassen hätten. Später war ich froh, dass es nicht dazu gekommen war, denn sie erzählte mir beim Abschied, dass auch sie verheiratet sei. Nach dem langen Monolog meinerseits fasste ich den Entschluss, wieder nach Hause zu fahren, um zu regeln, was geregelt werden musste. Ich verabschiedete mich von meiner Jugendliebe und wir verständigten uns darauf, es dem Zufall zu überlassen, ob wir uns jemals wieder über den Weg laufen würden. Ich bin ihr danach nie mehr begegnet und hoffe, dass sie in einer glücklichen Beziehung lebt.

Ich packte meine Tasche, setzte mich ins Auto und nach drei Stunden Autobahnfahrt stand ich dann mit gemischten Gefühlen vor unserer Haustüre. Nachdem ich die Wohnung betreten hatte, sah ich mich einem großen Empfangskomitee gegenüber. Meine Frau, meine Eltern und meine Schwiegereltern hatten sich im Wohnzimmer versammelt. Sie äußerten völlig unmissverständlich ihr Missfallen in Bezug auf mein Verhalten. Verständlich, denn sie hatten uns ja immer nur als funktionierende Familie erlebt, keiner wusste, wie es wirklich aussah. An diesem Abend redeten wir bis spät in die Nacht, ich nutzte die Gelegenheit, meine Gefühle und meinen Blick auf das Eheleben zu schildern und alle Anwesenden - mit Ausnahme meiner Frau - fielen aus allen Wolken, als sie erfuhren, wie es wirklich um unsere Ehe bestellt war. Es prasselten Vorwürfe auf mich ein, meine Aussagen wurden zum großen Teil angezweifelt und meine Frau schwieg wie so oft dazu. Was für mich blieb, war das Gefühl, wieder alleine zu sein, alleine mit meinen Gefühlen und mit meinen Argumenten. Zwar nahm das Gespräch zu später Stunde noch einmal eine Wendung, als meine Eltern und meine Schwiegereltern meiner Frau gut zuredeten und sie an ihre ehelichen Pflichten erinnerten, was sich nicht nur auf die Intimitäten bezog. Am Ende versprach sie, sich zu ändern und beschwor mich, es noch einmal mit ihr zu versuchen und die Ehe aufrecht zu erhalten. Schließlich stimmte ich erschöpft und müde zu - nicht aus Überzeugung, sondern weil ich mich überredet fühlte. Ich bin mir sicher, dass die Argumentation unserer Eltern nur deshalb so vehement geführt worden war, weil sie sich selber die Schmach einer Trennung ihrer Kinder ersparen wollten. Sie wollten einfach nicht Gegenstand von Tuscheleien in der kleinen 4000-Seelen-Gemeinde werden, zumal bekannt war, dass sie selber sehr tief im christlichen Glauben verwurzelt waren. Nachdem sie uns also ins Gewissen geredet hatten, an Moral und Ethik appelliert hatten, die Verantwortung für unsere Kinder ins Gespräch gebracht und uns das Versprechen abgerungen hatten, es noch einmal miteinander zu versuchen, machten sie sich auf den Heimweg und glaubten wohl, alles sei wieder im Lot und der Familienfrieden wieder hergestellt. Fortan wurde dieses Thema bei Familientreffen totgeschwiegen. Aber zwischen meiner Frau und mir brodelte es weiter. Sie zog sich noch mehr zurück, vermied jeglichen Körperkontakt, sie fühlte sich bei Annäherungsversuchen meinerseits unter Druck gesetzt und wurde immer seltsamer. Sie wollte keinen Kontakt mehr zu unseren wenigen gemeinsamen Freunden und mied sogar immer häufiger auch die Familientreffen. Mein Erfindungsreichtum an Ausreden war gefordert, aber es war deutlich zu spüren, dass alles, was ich über die Gründe sagte, weshalb ich wieder einmal alleine erschienen war, wenig glaubwürdig klang. Es wurde stillschweigend zur Kenntnis genommen und man ging zur Tagesordnung über. Wichtig war für unsere Angehörigen offenbar nur, dass wir uns noch nicht getrennt hatten. Dabei lag für mich die Betonung besonders auf "noch nicht". Für mich war relativ schnell der Punkt erreicht, an dem ich mich nicht mehr den mitleidigen Blicken angesichts der Entschuldigungen vor Freunden, vor Verwandten und der Familie aussetzen wollte. Ich wollte mich von den Zwängen frei machen, die das bislang geführte Leben für mich bedeuteten. Innerlich hatte ich mich von meiner Frau verabschiedet, ich hatte jegliche Hoffnung auf eine positive Veränderung aufgegeben. In dieser Zeit lernte ich bei einer Motorsportveranstaltung eine junge

Frau kennen, die sich in einer ähnlichen Lebenssituation befand wie ich. Auch sie hatte die emotionale Trennung von ihrem Partner bereits vollzogen und die räumliche Trennung stand kurz bevor. Wir waren uns sympathisch, wir hatten einen ähnlichen Humor und recht viele übereinstimmende Interessen. Nach weiteren mehr oder weniger heimlichen Treffen wurde uns irgendwann klar, dass wir die Heimlichkeiten beenden müssten und für mich war die Zeit gekommen, meiner Frau reinen Wein einzuschenken. Das Gespräch mit ihr war kurz und knapp, ich teilte ihr einfach meinen Entschluss mit, mich trennen und ausziehen zu wollen. Ich sagte ihr, dass ich keine Lust und auch keine Kraft mehr hätte, eine Ehe aufrecht zu erhalten, die nur noch auf dem Papier Bestand hatte. Sie nahm das nahezu unkommentiert zur Kenntnis und fand nur wenige und eher schwache Argumente dafür, mich von dem Vorhaben abzubringen. Ich sicherte ihr zu, ihr die Wohnung samt Einrichtung zu überlassen und mich weiter um unsere Kinder zu kümmern. In den folgenden Tagen herrschte eisiges Schweigen. Zeitgleich hatte auch meine neue Partnerin mit ihrem damaligen Freund gesprochen. Da dieser seine eigene Wohnung während der

Beziehung nicht aufgegeben hatte, war die Trennung auch faktisch schnell vollzogen. Meine neue Freundin und ich verständigten uns darauf, dass ich vorübergehend zu ihr ziehen würde. Also packte ich meine ganz persönlichen Dinge zusammen und zog aus der ehelichen Wohnung aus. Von meiner Frau kam kein Widerspruch mehr, sie hatte sich wohl mit den Tatsachen abgefunden und akzeptiert, dass die Ehe nicht mehr zu retten war. So endete für mich und meine Frau ein Leben mit Höhen und Tiefen, von dem ich noch heute glaube, dass meine Frau und ich zu Beginn unserer Ehe einfach noch nicht reif genug waren, um uns wirklich der Verantwortung bewusst gewesen zu sein, die eine Ehe und zwei Kinder mit sich bringen würde. Auch die prägenden Ereignisse während unseres Zusammenlebens hatten tiefe Narben auf unseren Seelen hinterlassen und wir haben es versäumt, ernsthaft und tiefgründig über die Ereignisse und unsere Probleme zu sprechen. Es war ein schleichender Prozess, der sich vollzog, ohne den Versuch unsererseits, dem entgegen zu steuern und ich bin - mit Abstand betrachtet - wohl den Weg des geringsten Widerstandes gegangen und habe mich in ein neues Abenteuer gestürzt.

Aufbruch zu neuen Ufern

Damit begann für mich und meine neue Partnerin ein neuer Lebensabschnitt. In ihrer kleinen Wohnung richteten wir uns mehr schlecht als recht ein und wir fassten den Entschluss, uns zeitnah nach einer anderen und vor allem größeren Wohnung umzuschauen, obwohl wir noch keine Gelegenheit hatten, uns wirklich kennenzulernen und an die neue Zweisamkeit zu gewöhnen. Wir wurden schnell fündig und konnten schon bald in die neue Wohnung umziehen. Gemeinsam richteten meine neue Partnerin und ich unser neues Zuhause ein und wir versuchten, unsere gemeinsame Zeit zu genießen. Sehr viel Freizeit blieb uns beiden nicht, denn ich hatte mich kurz vor unserem Kennenlernen mit einer kleinen Druckerei selbständig gemacht und die Organisation sowie die Kundenbetreuung nahm sehr viel Zeit in Anspruch. Meine Partnerin stand kurz vor dem Abschluss zur Steuerfachgehilfin und war deshalb auch sehr eingebunden in den Lehrstoff. Wir hatten aber trotzdem das Gefühl, das Richtige getan zu haben. Auch die Tatsache, dass ich den Kontakt zu meinen Kindern nicht aufgeben wollte und dass diese sich mehr oder weniger regelmäßig bei uns aufhielten, war nie ein Problem zwischen uns. Mein Sohn teilte meine Autoleidenschaft, gemeinsam bastelten wir viel an den diversen Autos, die ich im Laufe der Zeit besessen hatte. Meine Tochter kam in den Genuss zahlreicher Ausflüge, wir besuchten Tier- und Erlebnisparks oder gingen gemeinsam zum Eisessen. Es schien alles perfekt zu sein. Ich hatte in der Zwischenzeit die Scheidung eingereicht, um meine neue Partnerschaft auch rechtlich zu legalisieren. Meine Kinder hatten sich mehr oder weniger abgefunden mit der Trennung ihrer Eltern und mein Sohn hatte sich auf Nachfrage bei der Scheidung dafür entschieden, bei seiner Mutter leben zu wollen. Für meine Tochter stellte sich diese Frage nicht, es war klar, dass ihr Lebensmittelpunkt bei der Mutter bleiben würde. Also blieb es eine ganze Weile bei einer Wochenendbeziehung zu meinen Kindern. Mein Sohn kam manchmal mit in meine Druckerei, es entwickelte sich ein sehr entspanntes Verhältnis zwischen uns. Er hatte einen recht angenehmen Freundeskreis, den ich so nach und nach kennenlernte und die Jugendclique ging immer auch ihren eigenen Interessen nach.

Für mich war das ok, waren sie doch auf dem Weg des Erwachsenwerdens.

Zum Glück verbesserte sich auch das Verhältnis zu meinen Eltern, die sich nach einer längeren Phase des Schweigens wohl damit abgefunden hatten, dass meine Ehe gescheitert war. Dafür entwickelte sich mein Verhältnis zu meiner Tochter wie aus heiterem Himmel in eine völlig andere Richtung. Meine Exfrau und ich hatten die Vereinbarung getroffen, dass die Kleine - sie war mittlerweile zehn Jahre alt - alle vierzehn Tage bei mir sein sollte. Ich holte sie zuhause ab und brachte sie auch wieder nach Hause. Alles war gut bis zu jenem denkwürdigen Tag, an dem ich vereinbarungsgemäß vor der Einfahrt stand, um sie abzuholen. Über den Zeitpunkt hatten wir uns vorher telefonisch verständigt. Dass sie bereits auf der Treppe am Hauseingang saß, verwunderte mich nicht, schließlich hatte meine Exfrau mir nach meinem Auszug den Zutritt zur Wohnung untersagt. Seltsam war jedoch, dass meine Tochter an diesem Tag nicht wie sonst freudestrahlend auf mich zu stürmte, sondern stocksteif auf der Treppe sitzen blieb. Als ich aus dem Auto stieg und zu ihr ging, klingelte sie an der Haustüre nach ihrer Mutter und rief mir nur noch zu, sie wolle nicht mit. Meine Fragen nach dem warum blieben unbeantwortet und auch meine mittlerweile von mir geschiedene Exfrau hatte keine Erklärung für dieses unerwartete Verhalten. Also fuhr ich alleine nach Hause - alleine und nicht wissend, was da wohl vorgefallen sein könnte. Mir ist bis heute nicht klar geworden, was in dem kleinen Mädchen vorgegangen sein muss. Es hatte keinen Streit mit meiner neuen Partnerin oder mir gegeben, wir haben sie behandelt wie ein kleines Prinzesschen und versucht, ihr die Zeit bei uns so angenehm wie möglich zu gestalten. Und jetzt diese plötzliche Ablehnung. Wie sich in der Folgezeit zeigte, war das eine endgültige Entscheidung, auch wenn ich mich immer wieder fragte, wie ein zehnjähriges Mädchen eine solche Entscheidung treffen konnte. Selbst diverse Gespräche mit meinem Sohn brachten keine Erkenntnis, was da wohl vorgefallen sein könne. Auch ihm gegenüber äußerte sie lediglich, sie wolle nicht mehr zu mir beziehungsweise zu uns, auch nicht gemeinsam mit ihm. Die Begegnung auf der Treppe war für eine sehr lange Zeit das letzte Mal, dass ich meine Tochter zu Gesicht bekommen hatte und wie schon so oft musste ich einen herben Tiefschlag erneut mit mir selber und für mich alleine verarbeiten.

Trotz dieses unerwarteten Ereignisses trieben meine Partnerin und ich unsere Pläne voran, die Ehe einzugehen. Meine Partnerin hatte meine Familie kennengelernt, sie wurde akzeptiert von meinen Eltern, den Geschwistern und den Verwandten und auch ich war freundlich und wohlwollend bei ihrer Familie aufgenommen worden. Also gab es grünes Licht für die Trauung und wir heirateten im engsten Familienkreis, nachdem meine zukünftige Ehefrau die Prüfung zur Steuerfachgehilfin erfolgreich absolviert hatte. Sieben Jahre lang hielt diese Ehe. In diesen sieben Jahren durchlebten wir die üblichen Höhen und Tiefen, konnten uns aber immer wieder zusammenraufen. Bis zu diesem so oft zitierten verflixten siebten Jahr. Bereits seit einem Jahr zuvor lief die Druckerei aus unterschiedlichen Gründen nicht mehr ganz so gut, die Umsätze brachen deutlich ein. Das konnten wir nicht kompensieren und so fiel dann die schmerzhafte Entscheidung, die Druckerei zu schließen. Das ging allerdings nicht ohne finanzielle Einbußen vonstatten. Für mich war eine Neuorientierung angesagt und ich wollte zurück ins Angestelltenverhältnis. Da kam es mir gerade recht, dass ich das Angebot von einem ehemaligen Druckereikunden bekam, gemeinsam mit ihm eine Werbefirma für Folienbeschriftungen zu gründen. Zwischen ihm, dessen Frau, meiner Frau und mir hatte sich im Laufe der Jahre eine Freundschaft entwickelt und ich sagte zu, mir dieses Angebot durch den Kopf gehen zu lassen. Während der Entwicklungsphase zu diesem Vorhaben kristallisierte sich heraus, dass eine gute Möglichkeit darin bestehen könnte, das Gewerbe als ambulantes Gewerbe zu betreiben. Auf diese Idee hatte uns der Veranstalter mehrerer Verbrauchermessen gebracht, der uns auch zusicherte, für alle seine Messen exklusiv als Beschrifter für Messestände fungieren zu können. Das war dann der Zeitpunkt, das Vorhaben in die Tat umzusetzen. Gemeinsam mit einem Steuerberater setzten wir also einen Gesellschaftervertrag auf, der weder dem einen noch dem anderen Beteiligten Vor- oder Nachteile bringen sollte. Die Aufteilung der prozentualen Zuordnung der

Gewinne war für uns akzeptabel und so unterzeichneten wir den Vertrag. Was mir bis zu diesem Zeitpunkt überhaupt nicht klar war, war die Tatsache, dass ich durch das ambulante Geschäft an geschätzten 360 von 365 Tagen im Jahr nicht zuhause sein würde, was sich noch zu einem Riesenproblem entwickeln sollte. Aber viel Zeit zum Nachdenken blieb nicht, bereits vierzehn Tage nach Vertragsunterzeichnung startete die erste Messe, zu der wir für zwei Wochen präsent sein mussten. Die notwendige Technik hatten wir schnell beisammen, Material wurde eingekauft und ein VW-Bus angeschafft, in dem wir alles transportieren konnten. Das neue Projekt konnte starten, auch wenn damit zunächst die Zusammenarbeit im wörtlichen Sinne beendet war, denn ich war derjenige, der sich auf den Weg machen musste, um während der Messe vor Ort zu arbeiten. Ich war viel zu gespannt darauf, wie das alles funktionieren würde und so empfand ich das und auch die Tatsache, für zwei Wochen nicht zuhause zu sein, eher als nebensächlich. Ich denke, keiner von uns hatte wirklich eine Vorstellung davon, was während der Messezeit so abgehen sollte oder könnte. Bereits beim Eintreffen auf dem Messegelände lagen die ersten Beschriftungsaufträge vor und ich musste mich sofort in die Arbeit stürzen. Zeit zum Überlegen blieb bis zum Ende der Messe kaum, der Kundenansturm war gewaltig. Ich hatte das Gefühl, man habe nur darauf gewartet, dass endlich jemand auf der Messe verfügbar war, der Werbeschilder, Fahrzeugbeschriftungen oder Folienschriften für Schaufenster quasi auf Zuruf produzieren konnte. Der Erfolg war mehr als überwältigend, auch aus wirtschaftlicher Sicht. So fiel es mir leicht, damit zu leben, dass ich den Löwenanteil der Arbeit alleine zu erledigen hatte, während mein Geschäftspartner aus der Ferne an den Umsätzen partizipierte. Der Messeveranstalter, zu dem ich während der Messezeit häufig Kontakt hatte, zeigte sich sehr zufrieden und wünschte sich für alle seine folgenden Messen eine Fortführung der Zusammenarbeit. Das bedeutete für mich, dass mir nach der ersten Messe kaum Zeit blieb, mich auf die nächste Messe vorzubereiten. Wieder zuhause angekommen, konnte ich nur schnell die wichtigsten Dinge mit meiner Frau klären, worüber sie sich wenig erfreut zeigte. Ihre Stimmung besserte sich natürlich erst recht nicht, als ich erklären musste, dass bereits am folgenden Wochenende die nächste Messe bevor stand. Mir blieben also lediglich drei Tage, in denen ich die Abrechnung mit meinem Geschäftspartner machen musste, Material musste nachgeordert werden und unsere Kalkulation war überarbeitungsbedürftig, wie ein Vergleich mit stationären Konkurrenzunternehmen zeigte. Das alles hatte für mich Vorrang vor den privaten Belangen. Viel zu schnell waren die drei messelosen Tage vorüber und ich stand schon wieder in den Startlöchern, um zur nächsten Veranstaltung zu fahren. Mit meiner Frau verabredete ich, dass wir uns unmittelbar nach der zweiten Messe zusammensetzen würden, um auch unser zukünftiges Privatleben zu besprechen, da sich abzeichnete, dass die nächste Zeit für mich ein Leben aus dem Koffer und für sie ein Leben ohne Ehemann bedeuten würde. Mit gemischten Gefühlen machte ich mich dann auf den Weg. Mir war absolut nicht klar, wie es privat weiter gehen würde, auf der anderen Seite freute ich mich darauf, einen ähnlichen wirtschaftlichen Erfolg erzielen zu können, wie bei der ersten Messe. Letzteres bestätigte sich, aber was mein Privatleben anbelangte, hatte ich eine harte Nuss zu knacken. Meine Frau machte mir unmissverständlich klar, dass dieser Lebenswandel nicht ihren Vorstellungen entsprechen würde. Auch mein Hinweis auf den besseren finanziellen Status durch die Messearbeit war für sie nur ein schwacher Trost. Am Ende stimmte sie jedoch zu, meinen neuen Job bis zum Ende der ersten Messesaison mit Wohlwollen zu betrachten, auch wenn sie nicht wirklich erfreut darüber war. Ein anderer privater Aspekt mit Blick auf meinen Sohn entwickelte sich zum Glück zu dem Zeitpunkt eher positiv. Er hatte sich zwar etwas rar gemacht, unsere Zusammentreffen waren recht selten geworden. Er war in eine eigene Wohnung gezogen und hatte seine Lehre begonnen, seit neuestem hatte er auch eine Freundin. Er schien mich nicht sehr zu vermissen. So konnte ich mich auf die folgenden Messen vorbereiten, die alle recht erfolgreich verliefen. Es ergaben sich neue Kontakte auch zu anderen Veranstaltern und es dauerte nicht lange, bis Verträge für ein ganzes Jahr unter Dach und Fach waren. Damit war aber auch klar, dass ich in Einzelfällen von einer Messe direkt zur nächsten Messe reisen musste, was bedeutete, dass ich in den Fällen für vier Wochen am Stück unterwegs war. Finanziell durchaus attraktiv, für das Privatleben eher kontraproduktiv.

Mittlerweile war für uns das ominöse siebte Ehejahr angebrochen und das lief alles andere als gut. Meine Frau hatte einen neuen Freundeskreis gefunden, es waren meist Leute, mit denen ich intellektuell nicht klar kam und auch zu ihr fand ich fast keinen Zugang mehr. Noch machte ich gute Mine zum bösen Spiel. Schließlich war die Situation für sie ja auch nicht einfach und sie stand mit allen Problemen meist alleine da. Und ich hatte nun einmal in den sauren Apfel gebissen, des Geldes wegen mindestens für ein weiteres Jahr ein Zigeunerleben zu führen. Dass dadurch meine Ehe immer weiter den Bach runter ging, wollte ich nicht wahrhaben, ich habe es einfach verdrängt. Das Jahr verging und nach und nach bröckelten meine sozialen Kontakte in der Heimat, weil ich zu viel unterwegs war. Meinen Sohn, meine Eltern und meine Geschwister sah ich immer seltener, sie alle waren nicht glücklich darüber. Aus meiner Sicht ging jedoch das Geldverdienen vor. Ich hatte noch vor Augen, in welcher Armut meine Tante und mein Onkel am Ende ihr Leben fristen mussten. Heute ist mir klar, dass ich des Geldes wegen ein bisschen meine Seele verkauft habe. Schon vor Ablauf der ersten erfolgreichen eineinhalb Jahre als Messebeschrifter war mir klar, dass ich weiter machen wollte. Meine Familie bestand mittlerweile aus Messekollegen, die sich immer wieder trafen und es gab stets ein großes Hallo und freundliche Umarmungen. Ich fühlte mich wohl in meiner Rolle und genoss es, auf den Messeplätzen diverse Privilegien zu haben, die selbst die Aussteller nicht hatten, die schon jahrelang dabei waren. In dieser Zeit habe ich verdrängt, dass ich verheiratet war und mein Platz eigentlich an der Seite meiner Frau sein sollte. In der wenigen Zeit, in der ich zuhause war, kam ich mir fast vor wie ein Besucher, meine Frau und ich waren uns fremd geworden und das Thema Trennung stand immer wieder mal zur Debatte. Wie schnell diese Trennung dann wirklich kommen sollte, war mir da jedoch noch nicht klar.

Das spannende Leben am politischen und privaten Wendepunkt

Die politischen Ereignisse überschatteten zu dieser Zeit alles andere, die Wende stand kurz bevor. Das war das vorherrschende Thema, auch unter den Messeveranstaltern. Deren Gespräche drehten sich nur noch darum, wer wann und wie schnell die erste Messe in den neuen Bundesländern veranstalten würde und für mich stellte sich zu dem Zeitpunkt die Frage, ob ich mitziehen würde oder mit meinen gut vierzig Jahren erneut etwas Neues anfangen sollte. Aber ich hatte mich schnell entschieden. Zu sehr hatte ich mich an das Messeleben gewöhnt. Daran, das schnelle Geld zu machen und auch daran, alle vierzehn Tage in einer anderen Umgebung zu leben. Ja, mir machte das Zigeunerleben, wie meine Eltern es nach wie vor bezeichneten, wirklich Spaß. Ich schlug alle Warnungen in den Wind und auch als mein damaliger Geschäftspartner sagte, er wolle diesen Schritt nicht mitgehen, konnte mich das nicht nicht davon abhalten, mit dem Tross der Messeleute ziehen zu wollen. Ich kaufte meinem Geschäftspartner dessen

Anteile an der Firma und seine Beteiligung an der Technik ab. Ich stand ab diesem Zeitpunkt wieder als Einzelkämpfer auf eigenen Füßen da und war erneut an einem Wendepunkt.

Binnen kürzester Zeit war es einem Veranstalter gelungen, sich einen Messeplatz in Sachsen zu sichern und bereits im Februar erfolgte die Abreise dort hin. Natürlich war auch ich in seinem Schlepptau und Hoyerswerda war das erste Städtchen im Osten Deutschlands, in dem wir unsere Zelte aufschlugen. Was da noch niemand ahnte, war die Problematik, dass es kaum möglich war, Hotelzimmer für die Nächte zu finden. Die wenigen Zimmer, die zur Verfügung standen, waren bereits von großen Firmen reserviert und so hieß es, sich auf eigene Faust auf den Weg zu machen, um ein Quartier zu finden. Das traf natürlich auch auf mich zu und so lief ich durch eine Stadt, die mir völlig fremd war und deren teilweise zerfallenen Gemäuer mir irgendwie Angst einflößten. An einem "Späti" - so hießen dort die Kioske - hielt ich kurz inne, um mir eine Schachtel Zigaretten zu kaufen. Meine Wahl fiel auf die Ostmarke "Karo" und die junge

Verkäuferin war fasziniert davon, dass ich mit Westmark bezahlte. Wir kamen ins Gespräch, ich erzählte ihr von der Messe und davon, dass ich für die kommenden zwei Wochen einen Schlafplatz benötigen werde. Ich fragte sie, ob sie mir einen Tipp geben könne, wo ich Erfolg haben könnte. Sie nannte mir die Adresse eines kleinen Hotels im Ort, ich bedankte mich und ging meines Weges. Leider war aber auch dieses kleine Hotel ausgebucht und ich zog deprimiert weiter, ich wollte zurück zum Messeplatz. Dabei kam ich wieder am Späti vorbei und eine nette Stimme rief mir von dort aus zu, ob ich denn erfolgreich gewesen sei. Als ich verneinte, bat sie mich, einen Augenblick zu warten, sie habe eventuell eine Lösung für mich. Ich staunte nicht schlecht, als sie mir dann den Vorschlag unterbreitete, in der Wohnung von ihr und ihrem Freund übernachten zu können - natürlich gegen entsprechende Zahlung und nur dann, wenn ich keine großen Ansprüche stellen werde. Sie hatte das wohl schon mit ihrem Freund abgesprochen und der hatte auch zugestimmt. Das Haus, in dem sie wohnten, lag auf der anderen Straßenseite und wir hatten einen kurzen Weg dorthin. Sie hatte mir bereits gesagt, dass ich auf der Couch im Wohnzimmer schlafen könne und dass sie sich um das Frühstück kümmern werde. Klang alles sehr gut, denn ich hatte ja wirklich keine besonderen Ansprüche, was ich brauchte, war ein Platz, wo ich mich schlafen legen konnte, ob Couch oder Bett war mir egal. So wurden wir uns nach einer kurzen Besichtigung einig und ich ging zum Messegelände zurück. Am Abend stieß ich dann in der Wohnung auch auf den Freund meiner Zimmerwirtin. Wir saßen zusammen am Küchentisch, es gab belegte Brote und Bier. Aus Anstand trank ich eine Flasche Bier mit, nicht ohne zu erwähnen, dass ich eigentlich keinen Alkohol trinken würde. Während des Abendbrotes wurde noch der Preis für meine Übernachtungen verhandelt und die Tatsache, dass ich mit Westgeld bezahlen würde, sorgte offenbar mit dafür, dass der Preis mehr als erträglich war. Da war ich aus den Hotels ganz andere Preise gewohnt. Wir hockten noch bis spät in die Nacht hinein zusammen, ich musste Fragen über Fragen beantworten zum Thema Leben im Westen und ließ das alles teils belustigt aber stets freundlich über mich ergehen. Dann war Schlafenszeit angesagt und wir verabschiedeten uns in Richtung unserer Schlafstätten.

Ich war schon fast eingeschlafen, als es noch einmal an der Wohnzimmertüre klopfte. Es war meine junge Zimmerwirtin, die mich durch die geschlossene Türe fragte, wann und wie ich denn am nächsten Morgen geweckt werden wolle. Frech und etwas aufmüpfig antwortete ich: "...gegen sieben Uhr, mit einem Küsschen und einem Glas Sekt". Mit einem Lachen verschwand sie in ihr Schlafzimmer. Am nächsten Morgen war ich schon wach, obwohl die Nacht für mich eigentlich viel zu kurz war, als es vereinbarungsgemäß um sieben Uhr an der Wohnzimmertüre klopfte. Mit zerzausten Haaren und verschlafenen Augen stand ich auf, um mich ins Bad zu begeben. Nachdem ich mich frisch gemacht hatte kehrte ich zurück in die Küche, wo ich mir angesichts der anwesenden jungen Frau die Augen noch einmal reiben musste. Plötzlich war über Nacht aus der hübschen, schlanken Zimmerwirtin mit feuerroter Wallemähne, die ich am Abend zuvor kennengelernt hatte, eine eher korpulente, dunkelhaarige Frau geworden. Nach einem sehr unterkühlten Morgengruß klärte sich das aber schnell auf. Bei der Unbekannten handelte es sich um die Freundin meiner Zimmerwirtin, die sie gebeten hatte, das

Wecken und die Zubereitung des Frühstücks zu übernehmen, da sie selber die Warenlieferung für ihren Kiosk in Empfang nehmen müsse. Pünktlich zum Frühstück tauchte sie jedoch auf, die Begrüßung fiel sehr freundlich aus und bei Kaffee und knusprigen Brötchen redeten wir kurz über Gott und die Welt und über meinen Tagesablauf. Danach brach ich auf zum Messegelände, um dort die notwendigen Vorbereitungen zu treffen. Dabei verging die Zeit wie im Fluge und fast hätte ich es verpasst, zur Mittagszeit verabredungsgemäß am Späti zu sein, der sich eher als kleiner Imbissstand herausstellte, den sich meine Zimmerwirtin unmittelbar nach der Wende eingerichtet hatte. Das hatte ich am Vortag so nicht realisiert. Dort eingetroffen stieß ich auf meine Zimmerwirtin und deren Freundin, die in diesem Imbiss aushalf. Frech grinsend nahmen sie mich in Empfang, zauberten eine Flasche Sekt hervor und ließen den Korken knallen. Dabei eröffneten sie mir, meinem Wunsch nach einem Gläschen Sekt entsprechen zu wollen, nur das mit dem morgendlichen Küsschen stelle ein Problem dar, welches sie nicht zu lösen vermochten. Wir redeten noch eine Weile in aufgelockerter Atmosphäre und ich aß eine

Kleinigkeit, bevor ich dann wieder zum Messegelände zurückkehrte. Hier warteten schon die ersten Aufträge auf mich, ich plauderte ein wenig mit einigen Ausstellern und mit dem Veranstalter und begab mich am frühen Abend auf den Heimweg. Dort angekommen erwarteten mich bereits die Zimmerwirtin, deren Freund und ihre gemeinsame Freundin. Zu meiner Überraschung hatten sie ein kleines Abendbrot vorbereitet und sie zeigten sich als absolut sympathische Gastgeber. Auch dieser Abend verging mit vielen Fragen nach dem Leben im Westen und die eine oder andere Anekdote sorgte für entspannte Stimmung in der kleinen Runde. Eine dieser Anekdoten hatte auch mit mir zu tun. So schilderte die Zimmerwirtin die Situation vom Morgen, als ich etwas verwirrt auf deren Freundin gestoßen war. Sie hatten sich an dem Morgen wohl kurz darüber unterhalten, dass jetzt ein Übernachtungsgast im Haus wäre. Dabei habe sie gesagt, ich sei ein netter, sympathischer und aufgeschlossener "Wessi". Das hatte die Freundin nach dem Wecken dazu veranlasst, die Frage zu stellen, wer denn dann der verknautschte Alte gewesen sei, der da plötzlich durch die Küche marschiert sei. Angesichts dieser Äußerungen mussten wir lachen und bemerkten fast nicht, dass es schon wieder recht spät geworden war. Wir verabschiedeten uns und zogen uns zum Schlafen zurück. Der nächste Tag verlief ähnlich wie der vorangegangene, aber der Abend brachte eine Veränderung, die ich so nicht erwartet hatte. Zunächst wurde wieder ein Abendbrot gereicht, welches meine Wirtin, deren Lebensgefährte und ich gemeinsam einnahmen. Ich bemerkte, dass die Stimmung nicht ganz so locker war wie am Vorabend und auch, dass sich die Zimmerwirtin aufgehübscht hatte. Den Anlass dafür erfuhr ich schnell, denn sie fragte mich ganz unvermittelt, ob ich Lust habe, sie zu ihrer Freundin zu begleiten. Diese hatte sich gemeinsam mit ihrem Mann vom "Begrüßungsgeld" einen Videorecorder angeschafft und zu einem Videoabend eingeladen. Ich ging ins Bad, machte mich frisch und ausgehfein. Verwundert nahm ich zur Kenntnis, dass der Lebensgefährte meiner Zimmerwirtin noch in Arbeitskleidung am Tisch saß. Auf meine Nachfrage hin eröffnete sie mir dann, er würde nicht mitgehen. Ich nahm das ein wenig verwirrt zur Kenntnis und wir machten uns also zu zweit auf den Weg. Für mich war die Situation etwas befremdlich, schließlich kannten wir uns ja erst zwei Tage. In der Wohnung angekommen erwarteten uns neben sehr netten Gastgebern auch ein mit Knabbereien und Getränken eingedeckter Tisch. Nachdem zunächst die ersten Höflichkeitsfloskeln ausgetauscht waren und wir uns ein wenig beschnuppert hatten, wurde das Vorhaben, gemeinsam einen entspannenden Videoabend verbringen zu wollen, fast zur Nebensache. Plötzlich drehten sich die Gespräche um meine Zimmerwirtin, deren Partner und darum, wie unglücklich sie schon seit langer Zeit mit ihrem Leben sei. Ich konnte wenig zu dem Gespräch beitragen, schließlich waren mir die Leute ja doch eher noch fremd und es wunderte mich, wie offen sie diese Problematik in meinem Beisein ansprachen. Dabei kamen Dinge ans Tageslicht, die ich so nie erwartet hätte. Es war von häuslicher Gewalt die Rede, von Schlägen und blauen Flecken und sogar davon, für mehrere Tage in der Wohnung eingesperrt gewesen zu sein. Das alles klang für mich zunächst wie die Schilderung von Szenen aus einem schlechten Film. Das ich mit dieser Einschätzung völlig falsch lag, wurde mir erst dann klar, als meine Zimmerwirtin in Tränen ausbrach und trotz meiner Anwesenheit hemmungslos weinte. Ich fühlte mich völlig unwohl in dieser Situation und wusste nicht, wie ich mich verhalten sollte. Da saß eine junge Frau, gerade einmal zwanzig Jahre alt, neben mir auf der Couch, die offenbar schon mehr negative Dinge erlebt hatte, als ich mit meinen vierzig Jahren. Das Einzige, was mir in dem Moment einfiel war, sie tröstend in den Arm zu nehmen, was ich ohne jeden Hintergedanken tat. Natürlich fragte ich mich, warum sie diesen scheinbaren Psychopathen nicht verlassen hatte und formulierte diese Frage dann auch ganz vorsichtig. Im Verlaufe des folgenden Gespräches wurde mir dann klar, wie wenig ich über das Leben in der ehemaligen DDR bis dato wusste. Mit sechzehn Jahren war die junge Frau zu ihrem Freund gezogen, nachdem ihre Mutter den Vater verlassen hatte und später nach Thüringen gezogen war. Sie selber hatte zu diesem Zeitpunkt gerade ihre Lehre begonnen und wollte die Lehrstelle nicht aufgeben, da ihr die Ausbildung zur Elektronikerin sehr viel Freude bereitete. Außerdem sei es nahezu unmöglich gewesen, an einem anderen Ort eine Ausbildungsstelle zu ergattern, die den eigenen Wünschen weitestgehend entsprechen würde. Lehrstellen wurden wohl zugewiesen. Dass ihr Freund in meinem Alter war, störte sie nicht, sie fühlte sich nach eigener Aussage zu reiferen Männern hingezogen. Bereits kurz nach dem Einzug in dessen Wohnung habe sich schnell seine matchohafte Seite herauskristallisiert. Er dominierte die Beziehung mit Verweis auf das jugendliche Alter seiner Freundin und führte das auf die mangelnde Lebenserfahrung zurück. Sie nahm das so hin, zumal sie ähnliche Verhaltensweisen schon aus ihrem Elternhaus gewohnt war. Meine Frage danach, warum sie nicht ausgezogen sei, fand dann auch eine plausible Antwort. Die Lage auf dem Wohnungsmarkt sei extrem angespannt gewesen und eine eigene Wohnung zu finden war demnach fast ausgeschlossen. Außerdem sei eine eigene Wohnung mit dem schmalen Lehrlingsgehalt nicht zu finanzieren gewesen. Also hatte sie sich ihrem Schicksal ergeben und blieb gezwungenermaßen in der gemeinsamen Wohnung. Sie wurde auf Schritt und Tritt kontrolliert und sie musste immer wieder Rechenschaft über ihren Tagesablauf ablegen. Der Lebenswandel ihres Partners stellte sich im Gegenzug als sehr fragwürdig dar. Er nahm sich alle Freiheiten heraus und hatte diverse

Liebschaften, aus denen mindestens zwei uneheliche Kinder hervorgegangen waren. Meine Zimmerwirtin hatte sich da schon lange von ihm abgewandt und sich verweigert. Aber er nahm sich das, was er wollte, dann wohl auch unter Gewaltanwendung. Das war natürlich auch dem befreundeten Pärchen, bei dem wir uns gerade aufhielten, nicht verborgen geblieben, die vielen blauen Flecke waren wohl einfach nicht zu übersehen.

Die Schilderungen klangen echt dramatisch, aber sehr glaubwürdig. Als dann die Wende kam, sah die junge Frau ihre Chance kommen, ihr Leben selbst in die Hand zu nehmen. Das Kohle-Kombinat, in dem sie gelernt und gearbeitet hatte, wurde geschlossen und es stellte sich die Frage, was zu tun wäre. Da eröffnete sich für sie die Möglichkeit, den Kiosk zu übernehmen, dessen Besitzer sich in Richtung Westen absetzen wollte. Schnell wurden sie sich einig und ein erster, mutiger Schritt in Richtung beruflicher und privater Selbständigkeit ohne die Zustimmung ihres Partners war getan, auch wenn sich das Wohnungsproblem dadurch noch nicht gelöst hatte. Also lebte sie weiter mit ihrem Peiniger in einer Wohnung, in der ich nun auch zu Gast war, was zu etwas Entspannung in der brodelnden Situation beitrug. Aber ich sollte später auch noch Gegenstand der Boshaftigkeiten des Wohnungsinhabers werden.

An diesem Abend verließen wir unsere Gastgeber mit aufgewühlten Gefühlen, zu drastisch waren die Erkenntnisse, die ich in dieser kurzen Zeit so geballt aufgenommen hatte. Aber irgendwie waren wir auch schon etwas näher zusammen gerückt und so gingen wir Hand in Hand zurück zu meinem Schlafquartier. Dort waren wir alleine, redeten noch ein wenig und legten uns dann schlafen. Ich versuchte, meine Gedanken zu ordnen und das Gehörte zu verarbeiten und schlief sehr unruhig. Am nächsten Morgen saß ich dann alleine mit dem Wohnungsinhaber am Frühstückstisch. Wo dessen Freundin war, wusste ich nicht. Die Stimmung war stark unterkühlt und völlig unvermittelt eröffnete mir der Gastgeber, dass ich natürlich für die Sonderleistungen wie Frühstück und Abendbrot auch gesondert zu zahlen hätte. Ich nahm das eher kommentarlos zur Kenntnis, schließlich waren die Kosten für die Übernachtung ja sehr überschaubar. Was dann kam, riss mir allerdings den Boden unter den Füßen weg. Er unterstellte mir, mit seiner Freundin geschlafen zu haben, schließlich seien wir ja auf dem Heimweg sehr vertraut gewesen. Das sei aber auch nicht weiter schlimm, Hauptsache, ich würde auch dafür bezahlen. Ich war sprachlos, entbehrte doch diese Behauptung jeglichem Wahrheitsgehalt. Das sagte ich ihm auch ganz deutlich und brachte mein Befremden in Bezug auf seine Verhaltensweise zum Ausdruck, was zur Folge hatte, dass ich meine Sachen packen musste und der Wohnung verwiesen wurde. Ohne wirklich zu realisieren, was da gerade geschehen war, fand ich mich plötzlich mit gepackter Reisetasche auf der Straße wieder und begab mich zum Messeplatz, ohne zu wissen, wo ich in den kommenden Tagen übernachten solle.

Auf dem Messegelände herrschte schon rege Betriebsamkeit, die Aussteller bereiteten sich auf den Besucheransturm vor und auch ich wurde durch meine Arbeit etwas abgelenkt. Aber die Frage nach dem wohin für die kommenden Nächte blieb im Hinterkopf. Ich sprach mit einigen Kollegen über mein Problem, aber auch sie hatten natürlich keine Spontanlösung für mich und ich hatte mich schon fast damit abgefunden, zumindest die folgende Nacht in meinem Auto zu verbringen. Dann tauchte plötzlich meine Zimmerwirtin auf. Sie hatte ihre Augen hinter einer großen Sonnenbrille verborgen und machte den Eindruck, als habe sie geweint. Schnell eröffnete sie mir dann, es sei zu einem heftigen Streit zwischen ihr und ihrem Partner gekommen, in dessen Verlauf er sie geschlagen habe. Darum auch die Sonnenbrille, sie hatte ein mächtiges Veilchen davongetragen bei dieser Auseinandersetzung. Aber sie hatte auch eine bedeutsame Entscheidung getroffen - sie wollte nicht mehr zurück zu ihrem schlagenden Partner und hatte auch schon eine Lösung für das Problem bereit, in die ich auch einbezogen war. Sie wusste, dass ich ein neues Schlafquartier brauchte und hatte sich mit ihrer Freundin und deren Mann kurzgeschlossen. Diese haben sich ohne große Nachfragen bereit erklärt, uns vorübergehend bei sich aufzunehmen. Ich konnte das nicht so recht glauben, ich war doch für sie ein völlig Fremder. Wir unterhielten uns weiter, ich erledigte die Arbeiten, die noch anstanden und meine - jetzt ehemalige - Zimmerwirtin blieb bei mir bis zum Feierabend. Wir begaben uns dann gemeinsam auf den Weg zu ihrer Freundin, wo wir bereits erwartet wurden. Sie unterbreiteten uns noch einmal ihr Angebot, bei ihnen übernachten zu können, bis sich eine andere Lösung für mich anbieten würde. Völlig unvoreingenommen nahmen sie uns auf, so, als sei es das Selbstverständlichste der Welt. So viel Gastfreundschaft hatte ich bis dahin noch nie erfahren, aber ich bzw. wir nahmen dankend an. Es gab ein kleines Gästezimmer, welches wir beziehen konnten und ich stellte mir die Frage, ob es denn wohl richtig sein könnte, mit einer jungen Frau, die gerade einmal halb so alt war wie ich, in einem Bett zu schlafen. Aber es gab keine andere Lösung, denn der Bruder der Freundin wohnte ebenfalls bei seiner Schwester und hatte die Couch im Wohnzimmer bereits mit Beschlag belegt. Wir redeten noch lange über die neue Situation, die sich zwangsweise so ergeben hatte und wir tranken gemeinsam einige Gläser Wein, was die Anspannung etwas nahm. Ich selber tat mich mit dem Alkoholgenuss etwas schwer, hatte ich doch seit Jahren keine alkoholischen Getränke mehr zu mir genommen, aber ich wollte die Gastgeber auch nicht brüskieren, also trank ich mit. Und dann kam irgendwann der Moment, in dem es hieß, mit einer fremden Frau ins Bett zu steigen. Die Tatsache, dass ich noch verheiratet war, hatte ich in Folge des Alkoholkonsums längst verdrängt. Sehr zweideutig wünschten uns die Gastgeber eine spannende Nacht und wir zogen uns zurück. Da lagen wir nun eng nebeneinander, redeten viel und berührten uns dabei wie zufällig. Und dann geschah das, was fast unvermeidlich war, wir wurden intim miteinander. Es war das erste Mal, dass ich mit einer Frau intim wurde, obwohl ich vorher nicht für klare Verhältnisse zwischen mir und meiner Angetrauten gesorgt hatte. Ich war ein Fremdgänger, was mich danach mehr beschäftigte als ich angenommen hatte. Ich hatte doch tatsächlich ein schlechtes Gewissen, was deutlich auf die Stimmung drückte. Aber wir waren einfach zu müde, um noch darüber zu reden. Dann wurden wir jäh aus dem Schlaf gerissen. Vor dem Haus randalierte jemand und wie wir schnell feststellten, war es der Partner - oder sollte ich sagen Ex-Partner - meiner Begleiterin. Er hatte ihre Kleidung in Müllsäcke gestopft, die er nun unter lauten Pöbeleien in den Vorgarten des Hauses warf. Eine mehr als peinliche Situation für uns. Schnell waren alle Hausbewohner wach und beobachteten, was da vor sich ging und wir schämten uns in Grund und Boden. Aber unsere Gastgeber und auch die anderen Hausbewohner nahmen das erstaunlich gelassen. Offenbar hatte es schon vorher lautstarke Auseinandersetzungen gegeben, wenn sich meine Begleiterin bei ihrer Freundin aufgehalten hatte. Nach seinem Wutausbruch verzog er sich dann aber zum Glück wieder recht schnell, wir sammelten die Müllbeutel auf und zogen uns wieder in unser Zimmer zurück. Auch unsere Gastgeber legten sich ohne weiteren Kommentar wieder schlafen. Natürlich fragte ich mich, in was ich da nur hineingeraten war. Meine eigenen Verhältnisse noch nicht geklärt und doch schon mitten drin in neuem Stress. Aber wichtig war in dem Moment nur, dass wir bleiben durften. So neigte sich die Messe langsam dem Ende zu und ich hatte eine neue ständige Begleiterin. Doch der Tag meiner Abreise stand unmittelbar bevor. Mit sehr gemischten Gefühlen nahmen wir Abschied voneinander, ich bedankte mich bei den Gastgebern für ihr selbstloses Entgegenkommen und bat darum, mich telefonisch über die Zukunftspläne zu informieren.

Während der Fahrt nach Hause hatte ich dann reichlich Gelegenheit, mir Gedanken über das Geschehen zu machen und darüber, wie es zwischen mir und meiner Ehefrau weiter gehen sollte. Je näher ich meinem Zuhause kam, desto sicherer war ich mir, meiner Frau reinen Wein einschenken und klar Schiff machen zu wollen. Müde und erschöpft tarf ich am Zielort ein und war gespannt auf den Empfang. Dieser war dann mehr als kühl und zurückhaltend, meine Frau wirkte noch abweisender als je zuvor. Woran das lag, vermochte ich zu dem Zeitpunkt nicht zu ergründen.

Von meinen Eskapaden am Messeort konnte sie nichts wissen, daran konnte es also nicht gelegen haben. Ob auch sie jemanden kennengelernt haben könnte, will ich ihr nicht unterstellen und es war auch nicht zu ergründen. Jedenfalls machte sie deutlich, dass sie so nicht weiter mit mir zusammenleben wolle und ich verdeutlichte ihr gegenüber, dass ich nicht bereit sei, dass Messegeschäft aufzugeben. Dann erzählte ich ihr von meinem Fehltritt und machte klar, dass ich ausziehen wolle. Zu meinem Erstaunen nahm sie das sehr gefasst zur Kenntnis und stellte mich vor ein Ultimatum, welches mich überraschte: wenn ich so von diesem Messegeschäft überzeugt und ihr außerdem fremdgegangen sei, solle ich doch sofort ausziehen. So stand ich schneller als erwartet vor den Trümmern meiner zweiten Ehe. Wieder einmal packte ich am nächsten Morgen nach einer Nacht auf der Couch mein bescheidenes Hab und Gut und schlich davon wie ein geprügelter Hund, ohne zu wissen, wohin. Meine Irrfahrt führte mich zu meinem ehemaligen Geschäftspartner, mit dem ich nach wie vor freundschaftlich verbunden war. Seine Frau und er boten mir an, ein Nachtlager auf dem Dachboden zu errichten, was ich dankend annahm. So hauste ich eine ganze Weile auf einem öden Dachboden, schlief in einem unbequemen Feldbett und versuchte, notwendige Dinge zu regeln. Das gelang mehr schlecht als recht, schließlich musste ich auch noch die nächste Messe vorbereiten, die mich nach Halle an der Saale führen sollte. Die unbefriedigende Gesamtsituation ließ in mir den Entschluss reifen, meine Zelte in der alten Heimat komplett abzubrechen. Wie das real funktionieren könne oder solle, war mir noch nicht klar. Aber es musste eine Lösung her, so konnte es nicht weiter gehen, das wusste ich genau. Dann erreichte mich plötzlich ein Telefonanruf, der alles verändern sollte. Am anderen Ende der Leitung war meine neue Messebekanntschaft aus Hoyerswerda, die mir berichtete, sie habe sich nun endgültig von ihrem Freund getrennt und diesen verlassen. Sie wohne weiter bei ihrer Freundin, was aber auf Dauer keine Lösung darstelle. Im Verlaufe dieses Telefonates erzählte ich ihr, dass mein nächstes Messeziel mich nach Halle/Saale führen würde und wir verabredeten, dass sie mich dort besuchen würde. Von meinen weiteren aber noch unausgereiften Plänen erzählte ich ihr nichts.

Dieses Telefonat löste etwas in mir aus, was ich nicht genau beschreiben kann. Ich stellte jedoch für mich selber fest, dass ich schon mehr als nur freundschaftliche Gefühle zu meiner neuen Bekanntschaft empfand und das bestärkte mich in meiner Überlegung, an einem fremden Ort ein neues Leben beginnen zu wollen. Leicht euphorisiert von dem Gespräch packte ich meine Sachen zusammen, verabschiedete mich von meinem Freund und dessen Frau, erwähnte jedoch nichts von meinen diffusen Plänen. So trat ich eine Reise an in Richtung Messestadt und in eine ungewisse Zukunft. Von meiner Familie und von meinen Kindern verabschiedete ich mich nicht, vielleicht hatte ich einfach Angst vor den möglichen Reaktionen. Nach einer schier endlos langen Fahrt traf ich abends in Halle ein, suchte kurz das Messebüro auf, um mich anzumelden und nahm meinen Standplatz auf dem Messegelände ein. Zu meiner Überraschung hatte der Veranstalter in einem Hotel Zimmer reserviert, sodass ich mir um einen Schlafplatz keine Gedanken machen musste. Erschöpft und etwas abgekämpft bezog ich eines dieser Hotelzimmer, begab mich sofort zu Bett und schlief sehr schnell ein. Der kommende Tag begann mit einem Frühstück im Hotel, während dessen auch weitere Aussteller dort auftauchten. Wir begrüßten uns, redeten kurz über die unterschiedlichen Erwartungen der Aussteller während der Messezeit, denn für uns alle war das Messegeschäft in den neuen Bundesländern immer noch absolutes Neuland. Dann brachen wir auf und ich richtete mich auf dem Messeplatz ein. Der Veranstalter brachte mir die ersten Aufträge, die ich zu erledigen hatte und nach und nach folgten weitere Aufträge und sehr viele neugierige Fragen. Besonders die ortsansässigen

Aussteller hatten jede Menge Redebedarf, viele von ihnen zeigten sich wie erschlagen von der Professionalität der westlichen Kollegen und von der professionellen Ausstattung der Messestände. So war die Nachfrage nach Standbeschriftungen, Werbeschildern und weiterer Standausstattung riesengroß. Ich kam kaum dazu, Luft zu holen oder mir Gedanken zu meiner neuen Lebenssituation zu machen. Mein Computer und der Folienplotter liefen im Dauerbetrieb und ich hatte das Gefühl, ich müsse rund um die Uhr arbeiten, um alle Aufträge abwickeln zu können - was dann auch so eintraf. Bereits am ersten Arbeitstag beschloss ich wegen des Auftragsaufkommens, die Nacht zum Tage zu machen. Nur so konnte ich am nächsten Morgen fast alle bis dahin angesammelten Beschriftungsaufträge doch noch rechtzeitig an die entsprechenden Messestände ausliefern. Aber der Ansturm auf meinen Messestand brach nicht ab, ich kam kaum dazu, etwas zu essen. Doch dann riss mich eine Durchsage über die Messelautsprecher aus meiner Arbeitswut - ich wurde plötzlich zum Haupteingang des Messegeländes gebeten. Ohne mir großartig Gedanken darüber zu machen, was mich dort erwarten könne, machte ich mich auf den Weg. Und dann sah ich sie schon, die rote Wallemähne, das eindeutige Erkennungszeichen meiner Messebekanntschaft aus Hoyerswerda. Es folgte eine herzliche Begrüßung und ich nahm sie mit zu meinem Messestand. Viel Zeit zum Reden blieb uns wegen der Arbeit nicht. Zu meinem Erstaunen zeigte sie dafür Verständnis und nahm mir sogar schnell einige Wege ab, indem sie die fertigen Beschriftungen an den entsprechenden Ständen auslieferte. Ich nahm mir vor, an diesem Tag früher Feierabend zu machen, um mich meiner neuen Bekannten widmen zu können. Ich lud sie zum Abendessen ein, was sie auch dankend annahm. Am frühen Abend zogen wir gemeinsam in Richtung Innenstadt, wo wir schnell ein gemütliches Restaurant fanden. Wir suchten uns einen Platz in einer ruhigen Nische, um uns erst einmal in Ruhe unterhalten zu können. Während dieses Gespräches eröffnete sie mir, dass sie sich durchaus vorstellen könne, einige Tage zu bleiben, da sie nichts nach Hause ziehen würde. Dort herrsche nur noch Chaos zwischen ihr und ihrem ehemaligen Lebensgefährten und auch die Wohnsituation bei ihrer Freundin sei nicht optimal. Im Gegenzug schilderte ich ihr meinen

Entschluss, meine Zelte in der alten Heimat abzubrechen und die Vorstellung, mich in den neuen Bundesländern anzusiedeln, da sich in der Zwischenzeit mehrere interessante Angebote auch von ganz neuen Veranstaltern ergeben hatten. Im Verlaufe des immer vertrauter werdenden Gespräches und während des Abendessens war trotz des großen Altersunterschiedes eine gegenseitige Sympathie spürbar und zu vorgerückter Stunde musste die Frage geklärt werden, wo meine Bekannte übernachten könne. Sie machte mir deutlich, dass sie sich vorstellen könne, die nächsten Tage und Nächte im gleichen Hotel wie ich oder sogar in meinem Zimmer verbringen zu können. Also brachen wir den Restaurantaufenthalt ab und begaben uns zum Hotel, um zu klären, ob denn die Möglichkeit gegeben sein könne, dort gemeinsam zu übernachten. Der Nachtportier stellte keine großen Fragen sondern bot sofort an, dass ich aus meinem Einzelzimmer ausziehen könne und dass wir sofort ein Doppelzimmer beziehen könnten. Alles in mir schrie Hurra und die Frage nach zwei Einzelzimmern stellte sich einfach nicht mehr. So bezogen wir das Doppelzimmer und plötzlich war alles wieder ähnlich vertraut, wie es während der gemeinsamen

Zeit in der Wohnung der Freundin gewesen war. Den Rest der Nacht verbrachten wir mit langen Gesprächen und wir schliefen irgendwann ein. Der nächste Morgen brachte Business as usual, Frühstück, Fußmarsch zum Messeplatz und tagsüber viel Arbeit. Dass ich jetzt nicht mehr alleine war, fühlte sich einfach nur gut an und ich genoss die neue Situation und die wenige arbeitsfreie Zeit, die wir zwischendurch auch mal hatten. Sie machte sich nützlich, erledigte die Dinge, die ihr möglich waren und nahm mir damit einen Teil der Arbeit ab, was ich als sehr angenehm empfand. Der Abend brachte dann wieder ein gemeinsames Essen und endlos lange Gespräche über die Zukunftspläne, die jeder zu diesem Zeitpunkt noch für sich selber hatte.

Aber das Schicksal oder eine höhere Macht hatten wohl andere Pläne für uns bereit. Das hing unmittelbar mit einer sehr unliebsamen Begegnung zusammen. Auch wenn mir oder besser gesagt uns völlig unklar geblieben ist, wie es dem ehemaligen Lebensgefährten meiner neuen Begleiterin gelungen war, herauszubekommen, wo wir uns aufhielten, er hat es irgendwie geschafft. Wir haben ihn lediglich einmal kurz zu Gesicht bekommen, eine direkte persönliche Konfrontation war allerdings ausgeblieben. Aber er hatte wohl einen mehr als perfiden Plan geschmiedet, um mir Schaden zuzufügen, den er während der laufenden Messe auch in die Tat umgesetzt hatte. Gegenstand dieses Planes war es, mein Firmenfahrzeug außer Gefecht zu setzen, auch wenn sein Zutun nie bewiesen werden konnte. Jedenfalls war das Tankschloss geknackt und Zucker in den Tank meines Autos gefüllt worden. Die Folge war ein kapitaler Motorschaden, der sich bereits bei dem Versuch, das Messegelände nach Abschluss der Messe zu verlassen, zeigte. Es ging nichts mehr. Der Motor saß fest und Hilfe zu diesem Problem lag in weiter Ferne. Die zwangsläufige Folge: wir mussten weitere Zeit zusammen in der Saalestadt verbringen und das, obwohl mein nächster Messetermin unmittelbar bevor stand. Nur mit viel Überredungskunst gelang es uns, das bereits gekündigte Hotelzimmer noch für eine weitere Nacht nutzen zu können und wir beschlossen, uns am nächsten Tag über weitere Schritte Gedanken zu machen. Dieser neue Tag begann damit, für unbestimmte Zeit eine neue Übernachtungsmöglichkeit zu finden. Dabei kam uns der Zufall zur Hilfe - ein Verwandter des Hotelportiers, der am Abend unsere Verzweiflung mitbekommen hatte, fungierte als Wirtschafter für ein ehemaliges Jugendcamp. Zu dem hatte der Portier bereits Kontakt aufgenommen, um zu klären, ob dort eine Übernachtungsmöglichkeit bestehen könne. Und auch, wenn das alles nicht ganz legal war, gegen einen entsprechenden Obolus bot dieser uns an, in einem der Ferienbungalows wohnen zu können. Nachdem das geklärt war, kam der viel schwierigere Schritt, der da lautete, eine Kfz-Werkstatt zu finden, die den defekten Motor eines Westautos instandsetzen kann. Die Mitarbeiter zweier Werkstätten zeigten sich völlig verzweifelt angesichts unseres Ansinnens, waren aber überaus hilfsbereit. Sie hatten uns eine Adresse genannt, wo man uns unter Umständen helfen könne. An besagter Adresse trafen wir auf einen etwas seltsamen Freak, der bereits seit langer Zeit über dunkle Kanäle alte VW-Modelle in die ehemalige DDR importiert hatte. Er redete nicht sehr viel, sagte aber zu, er werde sich unseres Problems annehmen und versprach Hilfe. Wir sollten unseren Bus zu ihm schaffen und ihm einige Zeit für die Reparatur lassen. Gesagt, getan, am nächsten Tag stand der VW-Bus auf dem Gelände des VW-Freaks und somit hatte ich keine Chance mehr, den weiteren Verlauf zu beeinflussen und erst recht nicht, den bevorstehenden Messetermin wahrzunehmen, der bereits fest zugesagt war. Ich hatte keine Vorstellung, wie viel Zeit die Reparatur in Anspruch nehmen würde und musste diesen Termin kurzerhand absagen. Der Veranstalter war nicht wirklich erfreut über meine Absage, zeigte aber trotzdem Verständnis für die verzweifelte Situation, in der wir steckten. Wie lange die Reparatur des Autos dauern würde, war nicht abzuschätzen. Klar war allerdings, dass der Schaden, der dadurch entstanden war, gewaltig war. Die Reparaturkosten kamen auf mich zu und ich hatte finanzielle Einbußen durch den Messeausfall. Aber es entwickelten sich auch durchaus positive Aspekte durch diesen Zwangsaufenthalt im Jugendcamp, wo wir für die nächste Zeit ohne jeglichen Komfort und ohne Sozialkontakte lebten - wir waren zu diesem Zeitpunkt die einzigen Bewohner der Anlage. Positiv deshalb, weil wir sehr viel Zeit miteinander verbringen konnten, weil wir stundenlange Gespräche führen konnten und weil wir uns nicht nur emotional näher kommen konnten. In dieser Zeit entstand der Plan, zusammenzubleiben und uns eine gemeinsame Wohnung zu suchen - schließlich waren wir ja beide sozusagen obdachlos. Wir versuchten, das Für und Wider dieser Planung objektiv abzuwägen, was aber nur teilweise gelang, zu sehr waren wir schon emotional verbunden. Nach etwa vierzehn Tagen kam dann die erfreuliche Rückmeldung des Automechanikers, dass das Auto wieder fahrbereit sei. Er hatte einen Austauschmotor besorgt und diesen eingebaut, und nach einer Probefahrt zeigte sich, dass er gute Arbeit geleistet hatte. Endlich hatten wir wieder einen fahrbaren Untersatz zur Verfügung. Das kam gerade zur rechten Zeit, denn es stand wieder eine Messe an, die ich zu betreuen hatte. Erleichtert über die erfolgreiche Reparatur brachen wir unseren Zwangsaufenthalt im Jugendcamp ab und machten uns zügig auf in Richtung Bautzen. Bei einem recht kurzen Zwischenstopp in Hoyerswerda holte meine Begleiterin, die ich jetzt wohl als meine Freundin bezeichnen konnte, ihren Trabant ab, den sie bei ihrer Freundin abgestellt hatte. Die wenigen Kilometer nach Bautzen legten wir in getrennten Fahrzeugen zurück, was mir Zeit brachte, die Ereignisse, die hinter mir lagen, ein wenig zu sortieren.

Ich gelangte zu der Überzeugung, das Richtige getan zu haben, was sich jedoch viel, viel später noch als ein absoluter Trugschluss herausstellen sollte.

Das Procedere während der vierzehntägigen Messe war das gleiche, wie ich es von den vorangegangenen Messen kannte. Die Quartiersuche war schnell erledigt, da der Veranstalter vorgesorgt und Pensionszimmer reserviert hatte. In unserer Freizeit hatten meine Freundin und ich die Gelegenheit, uns im Städtchen umzusehen und schnell entstand die Vorstellung, dass hier unser neues Zuhause sein könne. Wir sprachen mit Besuchern, um zu eruieren, wie sich denn die Wohnungssituation darstellte. Zu diesem Zeitpunkt hatten schon viele Menschen die Stadt gen Westen verlassen und zahlreiche Wohnungen standen leer. Leider gestaltete es sich jedoch recht schwer, Ansprechpartner für die Wohnungen zu finden, da noch zu viele ungeklärte Eigentumsverhältnisse zwischen den ehemaligen Mietern und Vermietern bestanden. Aber wir wurden fündig. In der Peripherie der tausendjährigen Stadt fanden wir einen Vermieter, der frei über eine leerstehende Wohnung verfügen konnte. Nach der Besichtigung und der Verhandlung über den Mietzins wurden wir uns einig und unterzeichneten den Mietvertrag. Nun hatten wir eine neue Heimat gefunden und die Freude darüber ließ uns alle Bedenken über Bord werfen, die man hätte haben können oder müssen, da wir uns erst wenige Tage kannten und bislang nur die jeweiligen Schokoladenseiten des Anderen kennengelernt hatten. Egal - wir waren bereit, das Abenteuer anzunehmen und gewillt, die Zukunft gemeinsam zu gestalten. Wir schwammen auf der Welle der Aufbruchsstimmung mit, das Leben war geprägt von den Aussagen über blühende Landschaften und dem, was Politiker aller Couleur prognostizierten. Meine neue Lebensgefährtin und ich fühlten uns wohl in unserem Zusammenleben, welches jedoch immer noch geprägt war von einem besseren gegenseitigen Kennenlernen. Probleme gab es kaum, finanziell waren wir abgesichert und das Leben aus dem Koffer, welches ja weiterging, hatte auch etwas spannendes. Wir reisten gemeinsam durch die neuen Bundesländer, waren zwischendurch immer mal wieder in der eigenen Wohnung, die wir nach und nach gemütlich eingerichtet hatten. Wir lernten uns immer besser kennen, jedoch zeigten sich auch Ecken und Kanten, die jeder von uns hatte, aber wir konnten uns immer mit gesunden Kompromissen, die im Zusammenleben nun einmal notwendig sind, arrangieren. So verging das erste gemeinsame Jahr wie im Fluge, wir feierten gemeinsam das Weihnachtsfest und die Gedanken an unsere Familien verblassten. Wir hatten sogar das Glück, dass wir trotz unserer nur sporadischen Aufenthalte an unserem Heimatort ein sympathisches Pärchen kennenlernten durften. Wir verbrachten Silvester gemeinsam, es entwickelte sich im Laufe der Jahre sogar eine angenehme Freundschaft. Zu meiner Verwunderung war ich als „Wessi" schnell integriert und wurde freundlich und unvoreingenommen aufgenommen, auch innerhalb der großen Familie unseres Freundespaares. Ich hatte ein neues Zuhause gefunden, in dessen Umfeld ich mich wohl fühlte und meiner Lebensgefährtin ging es ebenso. Wir waren glücklich miteinander. Schnell vergingen die ersten zwei Jahre, aber es machte sich bemerkbar, dass das Messegeschäft immer weniger lukrativ wurde. Das hing damit zusammen, dass die Besucherzahlen rückläufig waren, da sich die Bürger der neuen Bundesländer immer mehr von den typischen Messeangeboten über den Tisch gezogen fühlten - sei es durch die kostenintensiven Weinabos, die ihnen aufgeschwatzt worden waren, die typischen, billigen Messeartikel, die sie teuer erworben hatten oder durch die maßlose Überheblichkeit, die manche Aussteller an den Tag legten. Das führte im Gegenzug fast zwangsläufig dazu, dass sich immer mehr Aussteller zurückzogen und dass die Messezelte immer weniger mit Ständen bestückt werden konnten. Weniger Aussteller und weniger Besucher bedeutete für mich aber auch, dass es Umsatzeinbußen gab, die recht schnell existenzbedrohend wurden. Nachdem wir unsere neue Heimat und unseren Lebensmittelpunkt gefunden hatten, stand ein Rückzug mit den Messeveranstaltern in die alten Bundesländer eigentlich für uns nie zur Debatte, wenn wir uns Gedanken darüber machten, wie unsere Zukunft aussehen könnte. Wir beschlossen, unser Zigeunerleben aufzugeben und aus dem ambulanten Gewerbe ein stationäres Gewerbe machen zu wollen. Geeignete Räumlichkeiten waren schnell gefunden und hergerichtet und wir fieberten der Eröffnung unseres festen Geschäftes entgegen. Die Kosten bewegten sich im überschaubaren Rahmen und wir waren zuversichtlich, unser Leben weiter durch die Selbständigkeit bestreiten zu können. Leider war uns zu dieser Zeit nicht bewusst, dass zahlreiche Westfirmen bereits auf dem Sprung waren, eine Ostdependance zu eröffnen, darunter natürlich auch einige Werbegestalter. Das führte dazu, dass es zu Preisdumping kam, jeder versuchte, sich irgendwie über Wasser zu halten. Auch wir steckten mitten drin in diesem Preiskampf, der sich immer stärker ausprägte. Also musste ein neues Konzept her, wenn wir überleben wollten. Dieses Konzept beinhaltete, dass wir eine kleine Offsetdruckerei eröffnen wollten, um unser Angebot auszuweiten. Gespräche mit einigen unserer Kunden bestärkten uns in unserem Vorhaben. Wir verbrachten zunächst eine Menge Zeit damit, ein Finanzierungskonzept auf die Beine zu stellen und alle Unterlagen auszufertigen, die notwendig waren, um die Finanzierung wirklich realisieren zu können. Das war eine Zeit, in der meine Partnerin und ich noch näher zusammenrückten, denn wir hatten zahlreiche Widerstände zu überstehen. Diese Widerstände kamen von Banken, die unser Konzept ablehnten oder aus nicht näher genannten Gründen einfach nicht begleiten wollten.

Erst viel später wurde uns klar, woran das gelegen hat. Es existierte bereits eine althergebrachte Druckerei am Ort. Rund um diese Druckerei hatte der Inhaber einige Seilschaften gebildet, die nicht zu sprengen waren. Zu diesen Seilschaften zählten damals zahlreiche einflussreiche Bürger, die es verstanden, unser Vorhaben vor fast unüberbrückbare Schwierigkeiten zu stellen, vermutlich, um der bestehenden Druckerei so weit wie es in deren Einflussbereich lag, eine Art von Konkurrenzschutz zu verschaffen. Aber wir ließen uns nicht entmutigen, waren wir doch von der Qualität unseres Konzeptes und der Durchführbarkeit unseres Vorhabens überzeugt. Erst der Weg zum Finanzministerium und mehrere dort geführte Gespräche mit einem Staatssekretär, der für wirtschaftliche Belange in der Region zuständig war, brachte schließlich einen ersten Erfolg. Er ermutigte uns, an unserer Idee einer eigenen Druckerei festzuhalten und stellte einen Kontakt zu einer Bank her, die unser Vorhaben wohlwollend begleiten wollte. Nach einer unruhigen Zeit des Abwartens kam dann doch die Finanzierungszusage und endlich konnten wir mit der konkreten Planung beginnen. Wir nahmen Kontakt auf zu potenziellen Vermietern, orientierten uns, welche Technik von welchem Hersteller angeschafft werden sollte und setzten uns einen engen Zeitrahmen. Bei der Suche nach geeigneten Räumen entdeckten wir zufällig ein ehemaliges Kantinen- und Küchengebäude, welches zu einem damaligen Hersteller von Schneidemaschinen und Zubehör für das grafische Gewerbe gehörte. Die Gespräche mit den Verantwortlichen im dortigen Werk führten recht schnell zu einem Erfolg, zumal wir zusicherten, die Schneidemaschine, die wir anschaffen mussten, bei ihnen zu erwerben. Die Eigentümer nahmen die baulichen Maßnahmen im Rohbau vor, es wurden neue Fenster eingebaut, Wände nach unserem Wunsch hochgezogen und eine neue Heizungsanlage installiert. Wir brachten in mühevoller Eigenleistung und der Hilfe einiger Freunde einen neuen Fußboden ein, verkleideten Wände, ließen die Stromverteilung installieren und die Maschinen sowie das Mobiliar liefern. Stück für Stück sahen wir unsere Druckerei wachsen, begleitet von zahlreichen neugierigen Fragen von Passanten und Nachbarn, die uns zu unserem Vorhaben meist beglückwünschten. Und dann kam unser großer Tag, die Eröffnung unserer kleinen Druckerei in stylishen

Räumen. Mittels Flyern und durch Zeitungsanzeigen hatten wir zur Eröffnung mit einem kleinen Sektempfang eingeladen, was auf sehr großen Zuspruch stieß. Es kamen natürlich manche neugierige Mitbürger, aber auch einige potenzielle Kunden erkundigten sich nach dem Angebotsumfang, den wir mit unserer Druckerei abdecken könnten. Daraus bahnten sich die ersten Kundenkontakte an und wir schauten auf Grund dessen sehr positiv in die Zukunft. Unser Kundenstamm wuchs täglich und wir bekamen häufig positive Rückmeldungen zu unserer abgelieferten Arbeit und noch heute stößt man bei einem Spaziergang durch Bautzen und die angrenzende Region auf Firmenlogos, die damals von uns entwickelt wurden. Wir hatten das Gefühl, am Ziel unserer Träume angekommen zu sein und zumindest ich verschwendete damals keinen Moment daran, darüber nachzudenken, was ich hinter mir gelassen hatte oder für wie viel Leid ich damit gesorgt hatte. Dessen wurde ich mir erst bewusst, nachdem ich nach mehr als fünf Jahren der absoluten Funkstille plötzlich wieder mit meiner Vergangenheit konfrontiert wurde. Wie aus dem Nichts standen plötzlich meine Eltern und mein jüngerer Bruder vor unserer Haustüre. Ich selber war zu diesem Zeitpunkt nicht zuhause, also traf die dicke Überraschung meine Freundin zunächst völlig unvermittelt, als sie sich gerade um unseren Haushalt kümmerte. Ich war in unserer Druckerei, was sie dann den Überraschungsbesuchern mitteilte, nachdem diese sich als meine Eltern bzw. als meinen Bruder geoutet hatten. Ohne große Umschweife machten sie dann deutlich, dass sie mich zu treffen gedachten und baten meine Freundin, mich nicht darüber zu informieren, dass sie da wären, bevor sie sich auf den Weg zu mir machten. Ich saß gerade bei Büroarbeiten, als ich ein Auto sah, welches auf der gegenüberliegenden Straßenseite einparkte. Was ich dann sah, traf mich fast wie ein Schlag: meine Eltern stiegen aus dem Auto und sofort schlug mein Herz bis zum Hals. Nicht ahnend, was mich erwarten würde, stürmte ich aus meinem Büro, rannte ihnen entgegen und noch bevor ein Wort gesprochen werden konnte, lagen wir uns in den Armen und die Tränen flossen. Gesprochen wurde auch danach erst einmal nicht viel und ich beschloss, die Druckerei für den Rest des Tages abzuschließen und gemeinsam zu unserer Wohnung zu fahren. Dort hatte meine Freundin Kaffee vorbereitet und leckere Plätzchen bereitgestellt. Zunächst herrschte eine angespannte Stille, wir knabberten verlegen an den Plätzchen und tranken unseren Kaffee. Aber die Situation entspannte sich zusehends und ein erstes Gespräch kam in Gang. In diesem Gespräch schilderte mein Bruder, wie schlimm und beklemmend er die Situation im Hause unserer Eltern seit meinem wortlosen Verschwinden immer erlebt habe, er berichtete auch über die permanent vorhandenen Sorgen und Nöte, die meine Eltern ihm gegenüber immer wieder geäußert hatten, da sie weder wussten, wo ich mich aufhielt zu der Zeit oder wie es mir ginge. Letztendlich hatte mein Bruder es in die Hand genommen, meinen Aufenthaltsort in Erfahrung zu bringen und hatte dann kurzerhand meine Eltern ins Auto gepackt, um sich mit ihnen auf die Reise zu mir zu machen, ohne zu wissen, was sie erwarten werde. Schlimmste Befürchtungen zu meinem Lebenswandel und meiner Lebenssituation seien während der Fahrt geäußert worden und die Anspannung sei mit jedem Kilometer, mit dem man sich dem Ziel annäherte, spürbarer geworden. Der erste Eindruck, den sie dann gewinnen konnten, ließ diese Befürchtungen jedoch weichen und sie waren nur noch glücklich darüber, den verlorenen Sohn wiedergefunden zu haben und mir ging es ähnlich - ich war glücklich darüber, meine Eltern und meinen kleinen, vierzehn Jahre jüngeren Bruder, wieder in den Arm nehmen zu können. Das Eis war schnell gebrochen, auch zwischen meiner Familie und meiner Freundin und das Gespräch drehte sich nur noch darum, wie froh man sei, mich oder besser uns in gesicherten Verhältnissen vorgefunden zu haben. Leider hatten sie sich wenig Zeit für ihren Besuch genommen und so stand die Heimreise bereits am nächsten Tag an. Nach dem gemeinsamen Frühstück, welches wir in unserer kleinen Druckerei einnahmen, die ich zwischendurch nicht ohne Stolz präsentiert hatte, traten meine Lieben bereits wieder die Heimreise an. Es gab eine zu Herzen gehende Verabschiedung, bei der wir uns versprachen, von nun an telefonischen Kontakt zu halten. Da stand für mich aber schon fest, schnellstmöglich einen Gegenbesuch machen zu wollen. Es vergingen sicherlich noch vier bis sechs Monate, bis ich die Zeit fand, diesen Plan mit meiner Freundin umsetzen zu können. Doch dann war das verlängerte Wochenende gekommen, an dem wir die Reise an den

Niederrhein antraten. Freudig erregt näherten wir uns unserem Ziel und die Gespräche drehten sich ausschließlich noch darum, wie der Empfang wohl ausfallen würde. Und dann war alles so, als habe es die lange Trennung und Sprachlosigkeit nie gegeben. Meine Eltern nahmen uns in Empfang, als sei es das Normalste der Welt. In den folgenden Stunden gab es keine bösen Worte, die Vergangenheit sollte vergangen bleiben und den Neubeginn nicht belasten. Während unserer Unterhaltungen erfuhr ich, dass sich meine Tochter nicht nur von mir, sondern auch von den Großeltern abgekehrt hatte, was besonders an meiner Mutter nagte. Sie wussten lediglich, dass ihre Enkelin etwa fünfzig Kilometer entfernt gemeinsam mit einer Freundin lebe. Mein Sohn hatte den Kontakt zu den Großeltern weiter gepflegt und aufrecht erhalten. Auch er hatte sich in diversen Gesprächen mit meinen Eltern traurig und enttäuscht über mein Verhalten geäußert, welches für ihn verständlicherweise nicht nachvollziehbar war. Ich konnte aktuell nicht entscheiden, ob ich ihn während unseres Wochenendaufenthaltes aufsuchen würde oder eher nicht. Doch diese Entscheidung wurde mir in dem Moment abgenommen, als es an der

Wohnungstür meiner Eltern klingelte. Da ich unmittelbar neben der Türe saß, stand ich auf, öffnete die Wohnungstüre und wurde fast nieder gerannt. Es war mein Sohn, der von dem Besuch nichts ahnte, zumal meine Eltern ihm den vorangegangenen Besuch bei uns verschwiegen hatten. Er kam mir förmlich entgegengeflogen, brachte mich fast zu Fall und stammelte nur noch so etwas wie „mein Papa, mein Papa ist wieder da...". Die Freude war riesig und die Gespräche drehten sich nur noch darum, dass wir uns alle endlich wiedergefunden hatten. Der Rest diesen langen Wochenendes war gekennzeichnet von Besuchen bei meinem Sohn, der in der Zeit meiner Abwesenheit geheiratet hatte und bei meiner Schwester, die in einem Nachbarort wohnte. Die Bewältigung der Vergangenheit war nie Gegenstand der Unterhaltungen, meine Eltern wollten einfach nicht darüber reden, sondern nur den Ist-Zustand genießen. Allerdings taten sie sich schwer damit, wenn sie sich vorstellten, wie wohl die Verwandtschaft oder die Bekannten reagieren könnten. Wir kamen überein, es einfach abzuwarten, zumal wir das ja sowieso nicht beeinflussen konnten. Schnell verging das Wochenende, viel zu schnell und unsere Heimreise stand bevor. Nach einer herzlichen und tränenreichen Verabschiedung setzten wir uns ins Auto und begaben uns auf die Heimreise. Es war sehr still während der Fahrt, jeder hing seinen eigenen Gedanken nach und wir mussten die gewonnenen Eindrücke, die geballt auf uns eingestürmt waren, erst einmal mit sich selbst verarbeiten. Erst nach einer ganzen Weile sagte mir meine Freundin, dass sie sich sehr wohl gefühlt habe im Kreise meiner Familie und dass sie froh sei, dass wir diesen Schritt gemacht hätten. Auch am Abend bei uns zuhause war der Besuch noch Gegenstand der Gespräche, doch dann hatte uns am nächsten Tag schnell der Alltag wieder und wir mussten uns um unsere Druckerei kümmern. Die Folgezeit war geprägt von reichlich Arbeit, die uns aber nicht davon abhielt, mehr oder weniger regelmäßig mit meinen Eltern und meinem Sohn zu telefonieren. So verging Tag für Tag, wir hatten inzwischen einen großen Bekanntenkreis, der überwiegend aus Kunden bestand und verbrachten viel Zeit auf diversen Geburtstagen und Familienfeiern oder hatten Gäste aus den unterschiedlichsten Anlässen bei uns zuhause. Neben dem Stress durch die Arbeit in der Druckerei herrschte in unserer knappen Freizeit sehr viel Trubel. Es gab nur wenig Zeit, die wir alleine in trauter Zweisamkeit verbrachten, was wir aber nicht als schlimm empfanden. Mittlerweile waren wir auch noch umgezogen in eine kleine Bungalowsiedlung, wo wir uns ein Häuschen gemietet hatten, welches wir uns nach unserer Vorstellungen herrichten durften. Mitten in diese hektische Zeit platzte dann ein Termin, der zwar nicht überraschend kam, der uns aber dazu veranlasste, zu überlegen, wie wir mit diesem Termin umgehen sollten. Es war ein runder Geburtstag - ich vermag nicht mehr zu sagen, ob es der meiner Mutter oder meines Vaters war. Da ich nie ein Tagebuch geführt habe, sind mir die genauen zeitlichen Zusammenhänge irgendwann in meinem wild-bewegten Leben größtenteils abhanden gekommen, was ich selbst aber nie bedauert habe, da mir zumindest die wichtigen Ereignisse in Erinnerung geblieben sind. Was ich aber noch weiß, ist, dass mir mein Sohn bei einem unserer Telefonate sagte, dass besagter Geburtstag im großen Familienkreis gefeiert werden sollte. Die Location war schon angemietet und die Gäste sollten mit einem Bus zum Ort des Geschehens transportiert werden. Eine spezielle Einladung zu dieser Feier haben wir nie erhalten, aber in Absprache mit meinem Sohn und dessen Frau schmiedeten wir den Plan, als Überraschungsgäste zu erscheinen, um auch dem Rest der Familie zu zeigen, dass es mich noch gäbe und dass eine tolle Frau an meiner Seite sei. Recht schnell war uns klar, wie das ablaufen könne. Wir wollten uns als erste Gäste im Reisebus platzieren, um dann die Reaktionen beim Einsteigen der weiteren Gäste abzuwarten in der Hoffnung, dass diese überwiegend positiv ausfallen mögen. Nur mein Sohn und meine Schwiegertochter waren in das Vorhaben eingeweiht. So fieberten wir erwartungsvoll dem Geburtstag entgegen und als der große Tag gekommen war, haben wir im schicken Zwirn im Bus Platz genommen. Dann fuhr der Bus die diversen Stationen an, um die weiteren Gäste einzusammeln und wir kamen aus den Umarmungen nicht mehr heraus. Es war ehrliche Freude und Freundlichkeit, die uns entgegenschlug und alle waren sich sicher, damit für die größte Überraschung gesorgt zu haben, die an diesem Geburtstag auf meine Eltern warten werde. An der Feierlocation ließen wir allen anderen Geburtstagsgästen den Vortritt, bevor wir als letzte aus dem Bus stiegen. Ungläubige Blicke der Eltern wanderten zu uns und wieder zurück zu den anderen Gästen, sie schienen das, was da gerade passierte, noch nicht wirklich realisieren zu können und es dauerte eine ganze Weile, bis ihnen bewusst wurde, dass wir tatsächlich angereist waren. Wir kamen uns ein wenig vor wie Stars auf dem roten Teppich, als wir durch das Spalier der Anwesenden auf die Eltern zugingen. Nervös streckten sie uns die zitternden Hände entgegen und sie waren nicht in der Lage, etwas zu sagen, aber die große Freude war deutlich spürbar für die Anwesenden. Dieser Überraschungscoup war gelungen, es folgte ein lustiger Abend in entspannter Atmosphäre. Es schien so, als habe es die lange Zeit der Abstinenz nie gegeben, auch wenn wir zahlreiche Fragen nach unserem derzeitigen Leben beantworten mussten. Erstaunlich war es für mich in dem Zusammenhang, dass einige der Gäste uns ihr Herz ausschütteten und darüber berichteten, dass auch bei ihnen und ihren Kindern nicht immer alles glatt gelaufen sei. Seit dieser Geburtstagsüberraschung entwickelte sich ein entspanntes Verhältnis innerhalb der Familie, ein Wermutstropfen war allerdings immer wieder die große räumliche Entfernung, die zwischen uns lag. Es folgten einige weitere Besuche und Gegenbesuche. Bei einem dieser Besuche bei uns eröffnete mir meine Schwiegertochter recht unvermittelt, dass ich bald Großvater werden würde. Ich freute mich für meinen Sohn und meine Schwiegertochter und wartete auf den Tag, an dem mein Enkel das Licht der Welt erblicken werde. Dieser Tag der Geburt rückte sehr schnell näher und mir wurde deutlich, dass die Zeit wirklich rast. Es gab für mich nie einen Blick zurück, für mich hieß es immer nur, mit Volldampf nach vorne und wenn es sein musste, auch mal gegen alle Widerstände oder mit dem Kopf durch die Wand. Eine Selbsteinschätzung, ob das immer richtig war, möchte ich mir an dieser Stelle ersparen. Heute bin ich schlauer und würde einige Dinge anders machen, wenn ich die Chance dazu bekäme. Jedenfalls war der Zeitraum, in dem mein Enkel zur Welt kam, eine Zeit, in der ich an mir Wesenszüge feststellte, die ich bis dahin nie gekannt hatte: ich dachte auch über meine Vergangenheit nach.

Aufbruch in eine scheinbar bessere Zeit

Teil dieser Vergangenheit, über die ich nachdachte, war natürlich auch die Beziehung zu meinen Kindern. Das Verhältnis zu meinem Sohn hatte sich erfreulicher Weise zum Positiven entwickelt, wir waren mittlerweile enge Freunde geworden. Meine Tochter war jedoch nach wie vor mein Sorgenkind. Doch dann erreichte mich ein Anruf, der mich wieder Hoffnung auf Besserung schöpfen ließ. Meine Tochter hatte sich entschieden, eine Lehre als Mediengestalterin machen zu wollen, die sie gerne in unserer Druckerei absolvieren würde. Ich führte ein langes Gespräch mit meiner zukünftigen Frau, in dem sie mir mitteilte, sie wolle mir die Entscheidung darüber überlassen. Sie versicherte mir, jede meiner Entscheidungen mit zu tragen und mich zu unterstützen. Am Ende der intensiv geführten Unterhaltungen stand dann fest, dass wir es gemeinsam versuchen wollten unter der Voraussetzung, dass meine Tochter zunächst eine Probezeit in unserer Druckerei absolvieren werde. Ich teilte meiner Tochter unsere Entscheidung mit, wir berieten uns über einen möglichen Termin und schon bald holten wir sie ab, um das Vorhaben in die Tat umzusetzen. Während der Probezeit konnte meine Tochter bei uns wohnen, sie fügte sich recht gut ein und wir alle waren gespannt darauf, wie das Probearbeiten ablaufen werde. Leider zeigte sich dann aber sehr schnell, dass sie vor allem auf Grund der schulischen Ausbildung aber auch wegen mangelnder Fingerfertigkeit kaum für diesen Beruf geeignet sei. Trotzdem unternahmen wir alles, um ihr Vorhaben zu unterstützen. Dabei kam es natürlich auch zu Spannungen zwischen meiner Tochter und mir, wenn ich ihre Arbeit kritisierte. Meine Frau verstand es jedoch immer, zwischen uns zu vermitteln und für eine entspannte Atmosphäre zu sorgen. Während ihres eher kurzen Aufenthaltes bei uns war meiner Tochter aber auch selbst klar geworden, dass die Anforderungen während einer Ausbildung zur Mediengestalterin wohl ihre Fähigkeiten übersteigen würden. Nach etwa drei Wochen bat sie uns deshalb, das Projekt zu beenden und sie wieder nach Hause zu bringen. Obwohl wir versucht hatten, ihr den Aufenthalt so angenehm wie möglich zu gestalten - wir haben sie neu eingekleidet, zur Disco gefahren und besonders meine zukünftige Frau hatte sich die allergrößte Mühe gegeben, ihr eine Freundin zu sein - kam von ihr kein Wort des Dankes. Das berührte mich damals sehr, besonders leid tat es mir für meine Frau, die zumindest ein kleines Dankeschön verdient gehabt hätte. Meine Tochter packte ihre Sachen zusammen, verabschiedete sich kurz und knapp von meiner Frau und wir starteten Richtung Niederrhein. Die Fahrt verlief fast wortlos. Auf meine Fragen bekam ich lediglich ein knappes Ja oder Nein zur Antwort und alle Gesprächsversuche erstickte meine Tochter im Keim. Zuhause angekommen stieg sie mit einem kalten „tschüss" aus dem Auto, schnappte ihre Tasche und verschwand, ohne sich noch einmal umzusehen, in der Einfahrt des Hauses. Ich blieb traurig, verwirrt und alleine zurück - wieder einmal alleine mit meinen Gedanken und Gefühlen. Der Versuch der Annäherung an meine Tochter war kläglich gescheitert. Ich hatte zwar erwartet, dass sie sich telefonisch noch einmal bei uns melden werde, aber ich wurde bitter enttäuscht. Ihr Tschüss war für eine sehr lange Zeit das letzte Wort, welches ich von ihr hörte. Eine kurze Begegnung gab es allerdings viele Jahre später doch noch einmal. Ich war zu Besuch bei meinem Sohn, der mir erzählte, dass ich erneut Großvater geworden sei. Meine Tochter habe ein Kind bekommen und ihn gebeten, sich nach einer gebrauchten Wickelkommode umzuschauen. Meine väterlichen Instinkte waren sofort wieder geweckt, gemeinsam mit meinem Sohn fuhren wir in ein Möbelhaus, wo ich eine neue Wickelkommode kaufte. Anschließend rief mein Sohn seine Schwester an um zu klären, ob es ihr denn recht sei, wenn wir gemeinsam zu ihr kämen, um die Kommode aufzubauen. Sie zögerte eine Weile, gab dann jedoch grünes Licht. Wir fuhren zu ihrer Wohnung, wo wir mit einem unterkühlten Hallo begrüßt wurden. Nach dem Aufbau gab es eine Anweisung, wo die Kommode zu stehen habe. Nachdem wir das erledigt hatten, wurden wir mehr oder weniger abrupt aus der Wohnung komplimentiert, die Verabschiedung war ebenso unterkühlt wie es der Empfang gewesen war. Kein Dank, keine Freude, meine Tochter reagierte auf unser Engagement völlig emotionslos. Erneut folgte eine lange Zeit des Schweigens von ihrer Seite.

Zur bislang letzten Begegnung kam es in der Zeit, auf die ich später noch eingehen werde, als ich wieder am

Niederrhein in dem Ort wohnte, wo auch meine Tochter lebte. Während eines Einkaufsgimmbummels mit meiner Schwiegertochter und meinem Sohn kreuzte meine Tochter unerwartet unseren Weg. Sie begrüßte meinen Sohn und dessen Frau recht freundlich, mich hingegen begrüßte meine Tochter wie einen Fremden. Nach einem kurzen Gespräch gingen wir wieder unseres Weges, aber mir ließ diese Begegnung keine Ruhe. Ich dachte immer, Blut sei dicker als Wasser, aber ich wurde eines Besseren belehrt. Ich ging meiner Tochter nach und sprach sie noch einmal an. Ich wollte wissen, wie sich unser Umgang denn zukünftig gestalten könne, da ich mich ja nun im gleichen Wohnort angesiedelt habe. Ihre Antwort ließ das Blut in meinen Adern gefrieren und es war fast so wie ein kleiner Tod. Sie werde die Straßenseite wechseln, um eine Begegnung mit mir zu vermeiden und ihr sei es am liebsten, wenn wir uns zukünftig als Fremde betrachten würden. Für mich brach in diesem Moment eine Welt zusammen. Meine Tochter hatte ihre Aussage ernst gemeint, das war mir schlagartig bewusst. Wortlos setzte sie ihren Weg fort. Seit dem herrscht absolute Funkstille zwischen uns und ich muss zugeben, dass auch ich nie mehr den Versuch unternommen habe, das zu ändern. Leider ist es auch nie gelungen, etwa über den Umweg über meinen Sohn zu erfahren, was meine Tochter dazu bewogen haben könne, ein solches Verhalten an den Tag zu legen. Auch ihm gegenüber hülle sie sich in absolutes Schweigen, wenn dieses Thema einmal zur Sprache käme, sagte mir mein Sohn und er selber habe keine Erklärung dafür. Aber ich möchte jetzt nicht weiter vorgreifen und zum aktuellen Lebensabschnitt zurückkehren.

Vom schweren Weg in einen neuen Lebensabschnitt und vom trügerischen Glück

Wieder zuhause angekommen blieb mir zum Glück nicht viel Zeit, über Vergangenes nachzudenken, zu sehr war ich eingespannt in den alltäglichen Ablauf mit der Druckerei sowie der Wahrnehmung von geschäftlichen und privaten Terminen. Trotz all der täglichen Hektik, die uns umgab, reifte in uns der Wunsch, das Zusammenleben auf eine höhere Ebene zu heben und wir planten, zu heiraten.

Ich näherte mich mit Riesenschritten meinem 50. Lebensjahr und dieser runde Geburtstag schien uns geeignet, das mit der Trauung in die Tat umzusetzen. Der Termin beim Standesamt wurde fixiert, die Feierlocations gebucht und die Einladungskarten vorbereitet. Wir wollten es so richtig krachen lassen. Freitags der 50. Geburtstag und am Samstag die Trauung. Die Vorbereitungen nahmen uns voll in Anspruch, aber wir bekamen alles in den Griff. Übernachtungsmöglichkeiten für die auswärtigen Gäste waren klar, die Feier war durchgeplant und so konnten die großen Tage kommen. Die Spannung erreichte fast unerträgliche Höhen, aber schon bald reisten die Gäste nach und nach an und es blieb nur noch wenig Zeit, sich über irgendwelche Eventualitäten Gedanken zu machen. Dann war der erste der beiden großen Tage gekommen. Meine zukünftige Frau hatte gemeinsam mit ihren Freundinnen ein echt fantastisches Buffet vorbereitet, Getränke waren im Überfluss bereitgestellt und es gab zahlreiche Glückwünsche und Geschenke für mich. Ich war überwältigt! Nach einer viel zu kurzen Nacht folgte das nächste Highlight dieses Wochenendes, unsere Trauung stand bevor. Zu meiner absoluten Überraschung rollte ein mit Blumenschmuck versehener Oldtimer auf unseren Hof, das war eine Überraschung, die unsere Freunde hinter unserem Rücken ausgeheckt hatten. Davon war nichts bis zu uns durchgedrungen, aber mit dem Oldtimer hatten sie wirklich ins Schwarze getroffen. Wir fühlten uns wie King und Queen, als wir uns auf den Weg begaben zum Standesamt. Dort erwartete uns bereits die Gästeschar und bei unserem Eintreffen brandete Applaus auf. Voller Stolz betrat ich mit meiner jungen Zukünftigen den Trausaal, die Rede der Standesbeamtin nahm ich nicht wirklich wahr und erst als ich die Braut dann küssen durfte, wusste ich, jetzt bin ich verheiratet. Es war wirklich ein gutes Gefühl und ich glaubte mich am Ziel meiner Träume, ein Gefühl, welches auch meine Frau so schilderte. Die anschließende Feier war ein voller Erfolg, es gab viele harmonische Unterhaltungen, unterbrochen von dem einen oder anderen Spiel, obwohl ich selbst kein Freund solcher Spiele war und immer noch nicht bin. Leider gab es kein Entkommen, da musste ich durch. Aber auch diese ereignisreiche Zeit verging viel zu schnell und schon bald reisten die Besucher wieder ab. Was blieb, waren die Erinnerungen und so manche Anekdote, die noch viele Jahre später für Erheiterung sorgte. Es schien alles rundum perfekt zu sein, eine trügerische Einschätzung, wie sich recht schnell zeigte. In der ganzen Hektik, in der wir lebten, hatten wir verpasst, auf die Veränderungen zu achten, die sich im grafischen Gewerbe durch den raschen Einzug der computergestützten Technik und der ständig wachsenden Möglichkeiten, die sich durch die rasant zunehmenden Internetangebote ergeben hatten. Onlinedruckereien boten plötzlich ihre Dienste an und das zu Preisen, die für jede Offsetdruckerei unerreichbar waren. Das Preisgefüge geriet völlig ins Wanken, gerade die Art von Aufträgen, die bis dahin eine Domäne der kleinen Druckereien waren, brachen mehr und mehr weg. Visitenkarten, Flyer, Speisekarten, Postkarten und Broschüren wurden im Internet zu Preisen angeboten, die zunächst für uns nicht nachvollziehbar waren. Wir befassten uns in der Folge etwas näher mit den neuen Medien und mussten feststellen, dass der Zug - für uns unbemerkt - irgendwie abgefahren war. Für einen Richtungswechsel war es für uns schon viel zu spät! Die spärlichen Rücklagen waren aufgebraucht, die Umsätze mittlerweile viel zu gering, um den Verpflichtungen gegenüber der Bank nachzukommen und an weitere Investitionen war nicht zu denken. Die logische Folge war dann, dass wir im zehnten Jahr des Bestehens die Druckerei schließen mussten, um nicht noch weiter ins wirtschaftliche Abseits zu geraten. Die Bank hatte recht schnell die Kreditverträge gekündigt und dann einen Verwerter beauftragt, den Teil der Einrichtung, der sicherungsübereignet war, zu vermarkten. Ich sicherte mir die Dinge, die nicht vom Zugriff des Verwalters betroffen waren, zunächst nur darum, um diese selber zu veräußern. So blieben mir am

Ende zwei Computer, die dazugehörige Software, ein Laserdrucker und der Schneideplotter sowie wenige treue Kunden, die mir zusicherten, Aufträge, die ich mit der Minimalausstattung noch realisieren könne, an mich zu vergeben. Das veranlasste mich dazu, mir zuhause ein Arbeitszimmer einzurichten und das Wagnis einzugehen, weiter selbständig zu bleiben. Meine Frau hingegen hatte andere Pläne. Sie wollte sich einen Job suchen, um für ein gesichertes Einkommen zu sorgen, unterstützte mich aber in meinem Vorhaben. Durch Beziehungen und über einige Umwege bekam sie diverse Arbeitsangebote. Eines dieser Angebote kam aus dem Verlag eines Anzeigenblattes. Die Geschäftsführer unterbreiteten ihr die Möglichkeit, in der Anzeigenakquise tätig zu werden. Dabei hatten diese sicherlich im Hinterkopf, dass sie durch die zehnjährige Mitarbeit in unserer Druckerei über hervorragende Kundenkontakte verfügte und dass daraus ein neues Potenzial an Anzeigenkunden generiert werden könne. Das Angebot ging sogar so weit, dass sie - im Gegensatz zu den anderen langjährigen Anzeigenvertretern - ein Festgehalt bekommen solle und somit nicht von Provisionen abhängig sein werde. Damit hätte sie von

Beginn an eine Sonderstellung in dem Verlagshaus eingenommen. Außerdem sollte sie den anderen Kollegen in Sachen Anzeigengestaltung und bei der Entwicklung von Werbeslogans beratend zur Seite stehen, schließlich habe sie ja zehn Jahre Erfahrung im grafischen Gewerbe und im Grafikdesign sammeln können. Sehr euphorisiert schilderte meine Frau mir dieses Angebot, ich war allerdings skeptisch. Um meine Skepsis verstehen zu können muss man wissen, dass die Geschäftsführer im Dunstkreis der örtlichen „Bussi-Bussi"-Gesellschaft verkehrten, die wir in Zeiten unserer Selbständigkeit immer distanziert betrachtet hatten und in internen Gesprächen immer für abgehoben, oberflächlich und aufgesetzt gehalten hatten. Das war eine Gesellschaftsschicht, der wir uns bewusst nie zugewandt hatten, da einige von ihnen von uns als typische Profiteure der Wendezeit betrachtet worden waren, deren Bereitschaft, für ihren Vorteil sozusagen über Leichen zu gehen, unübersehbar war. Es war ein Konglomerat aus dubiosen Finanzdienstleistern, Versicherungs- und Immobilienmaklern oder Autohändlern, die schnell zu viel Geld gekommen waren und die den Eindruck vermittelten, über den

Dingen zu stehen. Hinzu kamen meine Bedenken, dass meine Frau vermutlich sehr schnell zwischen alle Stühle geraten könne, da ihre geplante Stellung im Verlagshaus so angelegt war, dass sie nicht wirklich zur Geschäftsführung gehören werde, aber auch nicht zum Stamm der anderen Arbeitskollegen. Ich war überzeugt davon, dass sie sich in dieser Zwitterstellung aufreiben werde. Aber meine Frau schlug meine Bedenken in den Wind, andere Arbeitsangebote kamen für sie nicht mehr in Betracht und sie unterstellte mir recht schnell, voreingenommen zu sein. Also nahm sie das Angebot an und stürzte sich voller Eifer in die Arbeit. Für mich bedeutete das, plötzlich sehr viel Zeit alleine zu verbringen, nachdem wir zuvor zehn Jahre lang rund um die Uhr beieinander gewesen waren. Aber ich versuchte, das Beste aus dieser neuen Situation zu machen und überlegte mir, wie ich mit meiner kleinen Firma, die ich als Werbeagentur angemeldet hatte, auf die Füße kommen könne. Ab und zu kam ein ehemaliger Druckereikunde mit einem Minimalauftrag, ich produzierte Kleinstauflagen über den Farblaserdrucker oder fertigte Folienbeschriftungen an, aber die Umsätze bewegten sich nur noch in einem Bereich, der weit weg war von dem, was wünschenswert gewesen wäre. Ich fühlte mich mehr als unwohl in meiner Haut, eine solche Situation hatte ich vorher nie erlebt. Schwierig war zu dieser Zeit auch das Verhältnis zwischen mir und meiner Frau. Sie war sehr viel unterwegs, kam oft gestresst nach Hause, wo wir dann manchmal gemeinsam an unseren Computern saßen. Sie, um Anzeigenentwürfe zu erstellen und ich, um an einem der wenigen Aufträge zu arbeiten. Bei diesen Gelegenheiten entwickelten sich immer häufiger Gespräche zwischen uns, die in Meinungsverschiedenheiten endeten. Solche Meinungsverschiedenheiten waren meist darin begründet, dass meine Frau mich um Rat bei der Anzeigengestaltung bat, ohne dann meine Vorschläge wirklich zur Kenntnis nehmen zu wollen. Oder sie schilderte mir ihren Tagesablauf, immer noch überzeugt davon, ihren Traumjob gefunden zu haben, selbst wenn sie erwähnte, dass sie mit einem Kollegen aneinander geraten sei, weil sie ihm ihre Sicht der Dinge in Bezug auf Kundengespräche oder Anzeigengestaltung als die einzig richtige nahebringen wollte. Und das bei Kollegen, die bereits seit etwa zehn Jahren sehr erfolgreich im Anzeigengeschäft tätig waren. Begründet waren diese

Gespräche darin, dass die Verlagsleitung ein rückläufiges Anzeigenaufkommen diagnostiziert hatten und meine Frau sollte diejenige sein, die einen Motivationsschub bei den Anzeigenvertretern initiieren sollte. Allerdings fehlte es ihr an Rückendeckung, denn der Arbeitsbereich, den sie abdecken sollte, war nie klar definiert worden und in der Betrachtung der Arbeitskollegen war meine Frau lediglich das junge Küken in einem gestandenen Team, welches nun ihre eigene Meinung gegenüber den alten Hasen in dem Geschäft durchsetzen wollte. Was genau ihre beiden Chefs mit ihrer Taktik erreichen wollten, war mir schleierhaft und für mich auch nicht zu ergründen, da ich den genauen Betriebsablauf nicht kannte und zu weit außen vor war. Wenn ich dann versuchte, mit meiner Frau über diese aus meiner Sicht untragbaren Abläufe zu sprechen, weil ich das Gefühl bekam, dass sie zwischen die Mühlsteine geraten würde, nahm sie das nur mit Missfallen zur Kenntnis und unterstellte mir Neid oder Voreingenommenheit - schließlich habe ich ja von Anfang an Bedenken angemeldet. Diese unerfreulichen Gespräche zwischen meiner Frau und mir führten dazu, dass ich mich immer weiter zurücknahm und mir nahezu jegliche

Kritik an der Firmenpolitik des Verlagshauses ersparte. Irgendwie schien es mir, dass wir in unterschiedlichen Welten leben würden und es wurde mehr und mehr deutlich, dass meine Frau Gefallen fand am Schicki-Micki-Leben, welches sie bis dahin eher verabscheut hatte. Unsere alten Freunde wurden zusehends vernachlässigt, plötzlich hatten andere Verabredungen absoluten Vorrang. Das blieb natürlich auch unseren Freunden nicht verborgen, denn sie schilderten mir, dass sie Veränderungen im Verhalten meiner Frau festgestellt hatten, welche als nicht unbedingt vorteilhaft dargestellt wurden. Scheinbar hatte sie Gefallen gefunden an einem Leben, in dem es keine Probleme zu geben schien. Ich selbst bemerkte zunehmend, dass ich bei den wenigen Treffen in diesen Kreisen, bei denen ich zugegen war, eher ein geduldetes Anhängsel meiner Frau zu sein schien. Während sie sich durch ihre extrovertierte Art, die sie immer mehr an den Tag legte, in den Mittelpunkt des Geschehens rückte, stand ich eher im Abseits. Wenn ich versuchte, meine Gefühle in Gesprächen unter vier Augen zu schildern, tat meine Frau das zunächst als Neid an ihrem Erfolg ab, immer häufiger spielte aber auch der Begriff Eifersucht eine Rolle in den Erwiderungen meiner Frau. Dass ich mich lediglich verletzt fühlte und Angst um unsere Ehe hatte, wollte oder konnte sie nicht erkennen. In dieser Zeit entfernten wir uns zunehmend auch emotional voneinander. Immer häufiger nahm sie an Verabredungen mit ihren neuen Freunden teil und immer häufiger tat sie das ohne mich. Das lag wohl auch daran, dass ich deutlich gemacht hatte, dass ich keinen Wert auf solche Treffen legen würde und dass ich keinen Zugang zu diesen Leuten finden könne. Ich weiß bis heute nicht, was meine Frau dazu bewogen hat, diesen Lebenswandel fortzuführen und kann nur vermuten, dass sie mehr und mehr Ausreden fand, um mich nicht noch mehr zu verletzen. Plötzlich waren diese Treffen Meetings vor einer Geschäftseröffnung eines Anzeigenkunden, an denen sie teilnehmen müsse oder eine Arbeitsbesprechung unter Kollegen, die zwingend notwendig sei. Das war auch die Zeit, in der wir uns auch körperlich voneinander entfernten - so weit, dass wir sogar in getrennten Zimmern schliefen. Sie veränderte sich auch äußerlich, was mich sehr stutzig machte. Sie hatte ihre langen Haare geopfert und stand plötzlich mit einer Kurzhaarfrisur vor mir - eine solche Veränderung bei Frauen soll ja laut Experten ein deutliches Zeichen für den Wunsch nach Veränderungen im gesamten Leben sein. Eine besondere Schmach musste ich erleben, als mich ein gemeinsamer Bekannter eines Tages fragte, ob ich denn an der Gaststätteneröffnung eines weiteren Bekannten teilnehmen würde, bei der auch die Leute zugegen sein sollten, die sich zur selbsternannten besseren Gesellschaft zählten und die mir immer suspekt waren. Meine Frau habe bereits zugesagt. Ich verneinte, ich wusste ja nicht einmal, dass eine solche Gaststätteneröffnung stattfinden würde. Er muss das wohl bemerkt haben und lenkte das Gespräch schnell in eine andere Richtung. Ich verschwieg meiner Frau gegenüber diese Unterhaltung. Zwei Tage später war dann der Tag der Eröffnung gekommen und ich war gespannt, welche Ausrede meine Frau mir auftischen werde, um diesen Termin alleine wahrnehmen zu können. Meine Befürchtungen wurden bestätigt, als sie mir erzählte, sie müsse zu einer Geschäftseröffnung - allerdings nicht zur Eröffnung der Gaststätte sondern zur Eröffnung eines Gartencenters in einem Nachbarort, deren Betreiber zu ihrem Kundenkreis gehörte. Ich war zunächst ein wenig erleichtert und schenkte dem Gesagten auch Glauben, zumal ich in der Vorbereitung die Anzeigenplanung für diesen Kunden mitbekommen hatte. Am späten Nachmittag verließ meine Frau das Haus und verabschiedete sich mit den Worten, sie wisse nicht genau, wie lange sie unterwegs sein werde. Ich fragte mich an diesem Abend, ob ich wirklich eifersüchtig oder voreingenommen sein könne. Es war wohl eine Mischung aus vielen Gefühlen, die mein Denken beeinflussten. Aber ich kam zu dem Schluss, dass ich meiner Frau Unrecht getan hatte, zumindest was diesen Abend anbelangte. Ich zweifelte in diesem Moment sogar die Aussage des Bekannten an, meine Frau habe zugesagt, bei der Neueröffnung der Gaststätte teilzunehmen. Aber ich sollte eines besseren belehrt werden. Der Abend zog sich hin, ich wurde müde, hatte Kopfschmerzen bekommen und wollte einfach nur ins Bett. Aber so richtig einschlafen konnte ich an diesem Abend nicht, zu viele Gedanken kreisten in meinem Kopf. Und die Eröffnungsfeier des Gartencenters schien sich sehr in die Länge zu ziehen - erst gegen vier Uhr am Morgen hörte ich meine Frau heimkehren. Nach dem Aufstehen schilderte meine Frau mir den Verlauf des

Abends, ohne dass ich nachgefragt hatte. Es seien auch einige unserer alten Freunde anwesend gewesen bei der Geschäftseröffnung und die Zeit sei bei netten Gesprächen so schnell vergangen, dass sie nicht bemerkt habe, wie spät es geworden sei. Ich wusste zunächst nicht genau, wie ich mich verhalten sollte, entschloss mich dann aber, sie direkt auf die Gaststätteneröffnung anzusprechen. Ich sagte ihr, dass ich bereits einige Tage zuvor von unserem Bekannten erfahren habe, dass sie der Teilnahme zugestimmt habe. Sie kam spürbar in Erklärungsnot, hatte aber schnell ihre Fassung wiedergefunden. Ja, sie habe der Teilnahme zugestimmt, dann aber in Erwägung gezogen, nicht hin zu gehen. Die Teilnahme an der Eröffnung des Gartencenters sei ihr dann aber mehr oder weniger zum Verhängnis geworden, da einige der Anwesenden von dort aus zur Kneipeneröffnung aufgebrochen seien. Diese hätten sie überredet, doch mit zu kommen und sie habe sich breitschlagen lassen. Ich hatte starke Zweifel an dieser Version, die meine Frau mir präsentierte, hatte aber keinerlei Anhaltspunkte dafür, um meine Zweifel untermauern zu können. Diese sollte ich erst einige Tage später bekommen. Damit war die Unterredung zu diesem Thema beendet, ich wollte mich jetzt einfach nicht streiten und ich hatte immer noch Kopfschmerzen. Also schwiegen wir uns in den folgenden Stunden einfach an. Meine Frau ging ihren Beschäftigungen im Haus nach, ich hatte eine Tablette genommen und mich auf die Couch gelegt. Aber der Tag sollte noch eine unangenehme und unerwartete Wendung nehmen. Irgendwann am Nachmittag eröffnete mir meine Frau, sie müsse dringend mit mir reden, so könne es nicht weiter gehen. Mir war in dem Moment nicht ganz klar, was sie genau meinen könne, aber ich musste ihr Recht geben, dass wir mit unserer Ehe an einem Punkt angelangt waren, der klärungsbedürftig war. Ohne große Umschweife erklärte mir meine Frau, sie habe sich entliebt. ihre Gefühle für mich seien abgestorben, eine Ursache oder einen Auslöser dafür könne sie nicht nennen, es habe sich einfach so ergeben. Übrig geblieben sei lediglich eine Art von Verantwortungsgefühl mir gegenüber. Sie wolle mich nicht im Stich oder alleine lassen, über eine faktische Trennung habe sie noch nicht wirklich nachgedacht. Sie wolle mich weiter umsorgen, aber auch nicht mehr. Das war kurz vor meinem Geburtstag, den wir im kleinen Kreis mit einigen alten Freunden feiern wollten. Ich konnte keinen großen Beitrag leisten zu diesem Gespräch, ich bat lediglich um etwas Zeit, um mich zu hinterfragen und um den Versuch zu unternehmen, mir Gedanken darüber zu machen, ob die Ehe nicht doch gerettet werden könne. Wir beschlossen, das Besprochene zunächst für uns zu behalten, wir gingen uns an diesem Abend so weit wie möglich aus dem Weg und jeder hing wieder seinen eigenen Gedanken nach. Das war auch an den kommenden Tagen so, besprochen wurde nur das Allernötigste. Dazu gehörte auch, wie denn meine Geburtstagsfeier gestaltet werden solle, auf die weder meine Frau noch ich wirklich große Lust hatten - aber wir wollten ja zunächst unseren Freunden gegenüber den Schein wahren. In diesem Sinne verliefen die Vorbereitungen wie in jedem Jahr zuvor. Meine Frau bereitete die Speisen vor, ich besorgte die Getränke. Und doch war etwas anders in diesem Jahr, nicht nur vom Gefühl her, sondern auch real. Nach und nach waren die Gäste eingetroffen, alle gratulierten mir zum Geburtstag und die Geschenke wurden überreicht. Dann hieß es Essen fassen - wir hatten ein Buffet zur Selbstbedienung aufgebaut. Natürlich trat auch ich an das Buffet und war mehr als erstaunt, als ich zur Kenntnis nahm, was meine Frau vorbereitet hatte. Dazu muss man wissen, dass ich eine Abneigung gegen bestimmte Speisen hatte, nicht nur, weil sie mir geschmacklich nicht zusagen, sondern auch deshalb, weil ich manche Lebensmittel nicht vertrage, was bis heute so ist. Darauf hatte meine Frau in den Vorjahren und im täglichen Leben immer Rücksicht genommen, aber ich musste feststellen, dass das wohl der Vergangenheit angehören sollte. Der größte Teil des Speiseangebotes an diesem Geburtstagsabend bestand aus Lebensmitteln, die für mich unverträglich waren. Es gab Paprika, scharfe Tomatensoße, Soljanka und speckummanteltes Fleisch. Ich machte gute Mine zum bösen Spiel, ließ mir nichts anmerken und bediente mich an den Beilagen. So wurde mir erstmals auf subtile Art und Weise real klar gemacht, dass die Zeit der Rücksichtnahmen sich wohl dem Ende zuneigen würde. Ich denke, unseren Gästen blieb nicht verborgen, dass Spannungen in der Luft lagen, es kam keine Stimmung auf und der Abend fand ein ungewöhnlich frühes Ende. Einer meiner besten Freunde hatte mich an diesem Abend in einem stillen Moment bei einer Zigarette vor der Haustüre unter vier Augen auf die seltsame Stimmung angesprochen. Ich erklärte ihm nur ansatzweise, was sich da gerade zwischen meiner Frau und mir abspiele, ohne auf Details einzugehen. Im Verlaufe dieses Gespräches machte er deutlich, er habe sich so etwas schon gedacht, zumal ich auch bei der Gaststätteneröffnung nicht anwesend gewesen sei, bei der man sich gegen zwanzig Uhr mit meiner Frau getroffen habe. Auf seine Nachfrage hin, warum ich nicht in ihrer Begleitung sei, obwohl meine Frau mir doch die Einladung dazu hätte übermitteln sollen, habe sie geantwortet, ich habe keine Lust gehabt an diesem Abend, etwas zu unternehmen und ich habe über Kopfschmerzen geklagt - zumindest in diesem Punkt hatte sie sogar recht. Er habe das nicht so recht verstehen können, zumal an diesem Abend eine Oldieband engagiert worden war, die ich mir nach seiner Einschätzung im Normalfall nicht hätte entgehen lassen. Er kannte ja meine Vorliebe für diese Art der handgemachten Musik. Dann wurde unser Gespräch jäh beendet, da sich weitere Gäste zu uns gesellten. Wir beendeten das Vier-Augen-Gespräch und tauschten nur noch Belanglosigkeiten aus.

An diesem Abend ist irgendetwas in mir zerbrochen, ich fühlte mich sehr schlecht und war auch in der Nachbetrachtung ganz froh, dass der Abend ein frühes Ende genommen hatte. Alle Versuche meinerseits, meine Frau wieder zurück zu gewinnen, scheiterten kläglich. Sie hatte für sich eine Entscheidung getroffen und die schien unumstößlich. Ich kam zu dem Schluss, dass sie ihre versäumte Jugend nachholen wolle. Zu früh war sie offenbar eine Bindung mit einem Mann eingegangen, der sie unterdrückt hatte und nach Beendigung dieser Beziehung hatte sie sich sofort auf eine neue Liaison und später sogar auf die Ehe mit mir eingelassen. Viel Zeit, ihr Leben zu rekapitulieren, verblieb ihr in unserer gemeinsamen Zeit nicht, zu sehr und vielleicht auch zu schnell war sie mit eingebunden in das Messegeschäft und später in die Belange rund um die Druckerei. Vermutlich war sie erst nach Beendigung dieses prägenden Lebensabschnittes dazu gekommen, sich darüber Gedanken zu machen. Das war die Zeit, in der sie einen Einblick in das lockere Leben in ihrem neuen beruflichen Umfeld bekam, an dem sie wohl zunehmend Gefallen gefunden hatte. Ich vermute, sie wolle einfach nur frei sein in ihren Entscheidungen, keine Rechenschaft mehr ablegen müssen über ihr Verhalten. Da war dann einer zu viel, dieser eine muss ich gewesen sein. Eine andere Erklärung für diese extreme Veränderung konnte ich nicht finden. Abermals und wie schon so oft in meinem Leben fühlte ich mich alleine - alleingelassen mit meinen Problemen, Sorgen und Nöten. Ich beschloss, jetzt reinen Tisch zu machen und teilte meiner Frau mit, dass ich mich auf Wohnungssuche begeben werde, da ich nichts nach außen hin aufrecht erhalten wolle, was schon keinen Bestand mehr habe. Sie unternahm nicht einmal den Versuch, mich davon abzuhalten. Im Gegenteil, sie schien froh zu sein, dass ich diese Entscheidung getroffen hatte. Zeitgleich hatte ich eine Entscheidung getroffen, die ich eigentlich viel zu lange vor mir hergeschoben hatte. Ich hatte bereits mehrfach das Angebot von meinem Bruder erhalten, in seiner Firma mitzuarbeiten. Da ich nun wieder einmal vor einem Wendepunkt in meinem Leben stand und mir Fehler, die ich in meinem bisherigen Leben zahlreich begangen hatte, mit voller Wucht auf die Füße gefallen waren und mein selbst errichtetes Kartenhaus zum Einsturz gebracht hatten, war mir klar, dass jetzt grundsätzliche

Veränderungen notwendig geworden waren. Ein erster Schritt war schnell getan, ich hatte ein kleines, möbliertes Appartement gefunden, dessen Preis für mich auch erschwinglich war.

Der schwierige Start in einen neuen Lebensabschnitt mit unbekannten Herausforderungen

Mein Auszug aus der ehelichen Wohnung war binnen kurzer Zeit erledigt, so viel hatte ich nicht zu packen. Meine Kleidung, meine Bücher, meine Schallplatten und die persönlichen Papiere, mehr gab es nicht, was mir wirklich wichtig gewesen wäre. Der Moment des Abschiedes von meiner Frau zerriss mir fast das Herz, aber wir verständigten uns darauf, nicht alle Brücken hinter uns abzubrechen. Nachdem ich meine Sachen in der neuen Singlewohnung verstaut hatte, nahm ich telefonischen Kontakt zu meinem Bruder auf, um zu klären, wie konkret denn seine Angebote zu einer Mitarbeit in seiner Nachrichtenagentur wirklich seien. Er zeigte sich zunächst verwundert, machte aber schnell klar, dass er sich eine Zusammenarbeit nach wie vor sehr gut vorstellen könne. In groben Zügen schilderte ich ihm meine Gründe für diese Nachfrage und wir vereinbarten einen kurzfristigen Termin bei ihm zuhause, um alles weitere zu besprechen. Bereits zwei Tage später machte ich mich auf den Weg nach Berlin zu meinem Bruder. Dort angekommen kamen wir dann recht schnell auf den Grund meines Besuches zu sprechen. Der zweite Geschäftsführer der Firma wurde informiert und wir trafen uns zu einem Gespräch und zum besseren Kennenlernen. Mir war das Gewerbe, in dem ich nun eventuell Arbeit finden könnte, bis dahin völlig fremd. Nur in ganz groben Zügen ahnte ich, was da auf mich zukommen könnte. Das jetzt im Detail zu erläutern, würde den Rahmen sprengen, deshalb nur so viel, dass es sich um eine journalistische Tätigkeit handeln würde, bei der ich Berichte zu tagesaktuellen Geschehnissen zu verfassen hätte. Schnell wurde mir in dem Gespräch erklärt, dass einer Beschäftigung aus Sicht der Verantwortlichen nichts im Wege stehen würde, jetzt läge es an mir, dieses Angebot anzunehmen oder abzulehnen. Vor einer endgültigen Zusage sollte ich eine Probe- und Einarbeitungszeit im Büro im Hause meines Bruders absolvieren, die schon am nächsten Tag begann. Ich versuchte in dieser Zeit, die mir anvertrauten Aufgaben so gut wie möglich zu erledigen, bekam viele wichtige Informationen zur journalistischen Arbeit im allgemeinen und zu den Stolperfallen, die bei der Verfassung von Nachrichtentexten lauern könnten. Allerdings gab es wenig Resonanz zu meiner Arbeit, sodass ich nicht einschätzen konnte, ob ich diesen Anforderungen gewachsen sein könnte. Das änderte sich auch bis zur Beendigung meiner Volontariates nicht wirklich. Mit gemischten Gefühlen trat ich die Heimreise an, mein Bruder hatte mir eröffnet, dass er zunächst noch einmal Rücksprache mit seinem Geschäftspartner nehmen müsse, bevor eine endgültige Entscheidung fallen könne. Nach der Ankunft in meinem Appartement packte ich meine schmutzige Wäsche zusammen und begab mich auf den kurzen Weg zu meiner Noch-Ehefrau. Diese hatte sich bereit erklärt, vorübergehend noch meine Wäsche zu waschen. Wir unterhielten uns über mein Praktikum und weitere eher belanglose Dinge, sämtliche Bemerkungen zu unserem aktuellen Verhältnis zueinander vermieden wir beide. Ich blieb nicht lange, sie wolle mich benachrichtigen, wenn ich meine Wäsche abholen könne und ich zog wieder von dannen. Zuhause angekommen spürte ich eine völlige Leere, ich war antriebslos, hatte keine Beschäftigung, wenig Geld und mir schien die Decke auf den Kopf zu fallen. Also beschloss ich, ins Bett zu gehen. Ich schaltete den Fernseher ein, ließ mich vom Programm berieseln und muss dann wohl eingeschlafen sein. Nach dem Wachwerden am Morgen stand ich auf, brühte mir einen Kaffee und realisierte in dem Moment, dass das wohl die einzige große Aufgabe des Tages gewesen sein könne. Dieser Zustand änderte sich auch in den folgenden Tagen nicht. Das Telefon blieb stumm, obwohl ich doch händeringend auf einen Anruf meines Bruders wartete und auch die wenigen Freunde, die mir bis zu meinem Auszug die Stange gehalten hatten, sahen scheinbar keine Veranlassung, sich nach meinem Gemütszustand zu erkundigen. Doch dann klingelte es an meiner Wohnungstüre. Es war meine Frau, die die Gelegenheit nutzen wollte, sich meine neue Wohnung anzuschauen und hatte dazu die gewaschene Wäsche zusammengepackt und mitgebracht. Ich bat sie rein, sie schaute sich nur kurz um und verabschiedete sich schnell wieder. Trotz ihres schnellen Abganges war ich erstaunt über die Fürsorge, die sie mir gegenüber noch an den Tag gelegt hatte. Was blieb, nachdem sie gegangen war, war diese unerträgliche Leere, der Endzeit-Blues. Mich überfiel eine Mischung aus Lethargie und Selbstmitleid, ich schwankte zwischen Tränen und Wut und ich beschloss, ins Städtchen zu fahren, um ein befreundetes Ehepaar zu besuchen. Dort angekommen sah ich schon aus einiger Entfernung das Auto meiner Noch-Frau auf dem Hof stehen und ich verkniff mir den Besuch. Ich fuhr noch eine Weile mit dem Auto umher, bevor ich wieder nach Hause zurückkehrte. Es folgte wieder eine trostlose Nacht und ein Erwachen in der Gewissheit, erneut keine Aufgaben zu haben. Doch dann kam endlich der erlösende Anruf von meinem Bruder. Die Entscheidung sei zu meinen Gunsten ausgefallen, das Praktikum habe sie überzeugt und ich solle schnellstmöglich meine Arbeit aufnehmen. Dass diese überwiegend aus Nacht- und Wochenenddiensten bestehen werde, war schon vorher abgesprochen und ich freute mich darauf, endlich wieder in Brot und Lohn zu stehen. Es wurde dann ein insgesamt aufregender und hektischer Tag, denn es galt, gemeinsam mit dem Administrator der Firma meinen Computer auf Vordermann zu bringen und für die Online-Arbeit vorzubereiten. Noch am gleichen Abend absolvierte ich meinen ersten Dienst gemeinsam mit einem erfahrenen Kollegen, der meine Tätigkeit aus der Ferne überwachte und kommentierte. Von ihm bekam ich noch einige wichtige Hinweise zu den Besonderheiten des Jobs, aber insgesamt verlief dieser erste Dienst zufriedenstellend. Während der ersten Arbeitswoche stand ich noch unter der Beobachtung aus der Ferne, dann wurde ich ins kalte Wasser gestoßen und meine eigenverantwortlichen Dienste begannen. Es waren immer Zwölf-Stunden-Dienste, angereichert mit zahlreichen Telefonaten und mir brachte diese neue Beschäftigung endlich wieder Selbstbestätigung und das Gefühl, gebraucht zu werden. So weit, so gut - was leider anhielt, war das Gefühl der Enge in dem Mini-Appartement und ich empfand die Wohnsituation als sehr unbefriedigend. Bis zu meinem Auszug hatten meine Frau und ich in einem großen Haus mit einem riesigen Grundstück gewohnt, man konnte raus an die frische Luft, hatte Beschäftigung mit Gartenarbeit und konnte von der Terrasse aus die Sonne genießen. Alles das fehlte mir doch mehr, als ich mir hatte vorstellen können. Unter diesen Eindrücken reifte in mir der Plan, noch einmal in eine größere Wohnung umzuziehen. Nach einer kurzen Zwischenstation in einer Mietwohnung fand ich dann eher per Zufall ein kleines, gerade erst renoviertes Häuschen mit einem überschaubaren Grundstück, welches zur Vermietung frei stand. Ich nahm Kontakt zum Vermieter auf, der kurz nach Fertigstellung des Hauses der Arbeit wegen in den Westen gezogen war. Durch den Hausumbau war seine Ehe zerbrochen, er wollte unter keinen Umständen mehr in das Haus zurück, weil damit zu viele Erinnerungen verknüpft seien, wie er mir sagte. Wir trafen uns bereits am nächsten Wochenende in einer Gaststätte und wurden uns schnell einig. Wir schlossen den Mietvertrag, ich übernahm die Schlüssel des Hauses, einem Einzug stand nun nichts mehr im Wege. Eine ordnungsgemäße Übergabe erfolgte nicht, der Eigentümer weigerte sich hartnäckig, das Haus noch einmal zu betreten. So vollzog ich die erste Innenbesichtigung für mich alleine, das Haus zeigte sich in einem guten Zustand und ich entdeckte keine Mängel, die einem Einzug im Wege gestanden hätten. So langsam machte sich das Gefühl bei mir breit, doch wieder auf die Sonnenseite des Lebens zu treten. Ich hatte einen neuen Job und meine Wohnsituation sollte sich nun ja auch verbessern. Jetzt hieß es nur noch, Möbel anschaffen, die ich aus dem Erlös durch den Verkauf der technischen Geräte meiner ehemaligen Selbständigkeit finanzieren konnte und so langsam kehrte wieder etwas Normalität bei mir ein. Die Kontakte zu meiner Noch-Frau wurden seltener, da ich mir zwischenzeitlich eine eigene Waschmaschine und einen Trockner angeschafft hatte und ich mich selber um meine Wäsche kümmern konnte. Ich kam ganz gut damit zurecht und wurde so nicht mehr so oft an die schmerzliche Trennung erinnert. Nachdem sich mein Leben wieder einigermaßen stabilisiert hatte, wagte ich auch eine Reise an den Niederrhein zu meiner Familie, die ich bislang nur ganz kurz telefonisch über die Veränderungen in meinem Leben informiert hatte. Sie haben diese Information recht gefasst aufgenommen, gaben aber ihrem Bedauern Ausdruck und machten sich große Sorgen, wie es mir denn so alleine ergehen werde. Während meines Besuches konnte ich ihre Bedenken aber ganz gut zerstreuen, lediglich meine Mutter machte sich nach wie vor Gedanken. Sie konnte sich einfach nicht vorstellen, dass ihr Sohn so ganz alleine mit Haus und Haushalt zurecht kommen könne. Sie hatte immer nur das Bild meines Vaters vor Augen, der in diesen Belangen völlig hilflos war. Bei ihnen herrschte noch die althergebrachte Einstellung vor, nach welcher der Mann für das Geldverdienen und die Frau für den Haushalt zuständig seien. Mein Sohn und meine Schwiegertochter hatten da weniger Bedenken, obwohl sie wussten, dass ich bis zu diesem Zeitpunkt nie komplett auf mich selbst gestellt gewesen war und es durchaus genossen hatte, umhegt zu werden. Aber ich versicherte sowohl ihnen als auch meinen Eltern, mit meinem neuen Leben zurecht zu kommen und ließ sie weitestgehend beruhigt zurück, als ich wieder meinen Heimweg antrat. So lief mein Leben eine ganze Weile in geregelten Bahnen, ich hatte meine Nacht- und hin und wieder einige Wochenenddienste, konnte zwischendurch mal ins Freie, legte mir ein Blumenbeet an und befreite das Grundstück nach und nach vom Unkraut. Aber das alles füllte mich nicht komplett aus, ich hatte einfach immer noch viel zu viel Freizeit und sehnte mich immer mehr danach, wieder eine Schulter zum Anlehnen zu haben. Die Suche danach gestaltete sich jedoch aus verschiedenen Gründen mehr als schwierig. Das lag zum Teil an meiner Arbeitszeit, aber auch daran, dass ich nicht gerne ausging. Tagsüber, wenn ich Freizeit hatte, waren die meisten Menschen bei der Arbeit eingebunden und am Abend, wenn diese ihre Freizeit genießen konnten, begann mein Dienst. Eine unglückliche Konstellation, an der ich aber nichts ändern konnte, es war nun einmal der Preis für einen festen Job. Aus den gleichen Gründen waren auch Besuche von oder bei ehemaligen Freunden eher schwierig, wobei auch die Tatsache noch eine Rolle spielte, dass es sich ja auch immer noch um den ehemals gemeinsamen Bekanntenkreis meiner Frau und mir handelte. In Gesprächen, die ich erst später einmal führte, schilderten mir diese Bekannten ihren Zwiespalt, in dem sie sich befunden hatten. Sie wussten scheinbar nicht mit der Eventualität umzugehen, wenn meine Frau und ich möglicherweise bei einer Familienfeier bei den Freunden aufeinandergetroffen wären. Ich fand mich mit diesen Erklärungen ab und gab es auf, mir weitere Gedanken darüber zu machen, obwohl ich zugeben muss, dass das nicht spurlos an mir vorüberging. Ich stellte immer mehr fest, dass das Alleinsein für mich zu einer Belastung wurde, mir fehlte die Kommunikation mit meinen Mitmenschen. Während meiner Arbeit fanden keine privaten Gespräche statt, die Telefonate drehten sich ausschließlich um dienstliche Belange und mein Privatleben lag brach. Leider war auch das Outback, in dem ich lebte, nicht dazu angetan, intensive Kontakte aufzubauen. In der Nachbarschaft, die aus sieben Häusern bestand, beschränkten sich die seltenen Gespräche meist auf eine knappe Begrüßung, ich war irgendwie ein Fremdkörper in dieser eingeschworenen Gemeinschaft, die über die Jahre gewachsen war. Noch dazu war ich ja ein „Wessi", was sicherlich auch eine Rolle spielte und den Leuten auch deshalb ein wenig suspekt, weil bei mir immer in der Nacht Licht brannte und sie nicht genau wussten, was in dem Haus wohl so vor sich gehen könne. Die Chance, mit den Nachbarn einmal über meine Arbeit sprechen zu können, hat sich leider nie wirklich ergeben. Für sie war ich vermutlich einfach ein Sonderling, mit dem man sich wohl besser nicht einlassen solle. Ich wollte mich aber mit diesem Teil meines Lebens nicht abfinden und beschloss, mich in einer Partnerbörse anzumelden. Schnell war ich Teil einer Comunity, die sich aus den unterschiedlichsten Gründen auf diesen Plattformen tummelte. Hier wurde den Männern meist die Ernsthaftigkeit abgesprochen, wirklich nach einer festen Beziehung zu suchen, was vermutlich tatsächlich auf viele meiner Geschlechtsgenossen zutraf. Trotzdem hatte ich in der Zeit einige Male einen Eintrag oder eine Anfrage in meinem Profil oder auf meine Einträge in einigen Frauenprofilen wurde geantwortet. Ich hatte einige Dates, die aber alle als Flops endeten. Mal war ich nicht der „Mr. Right", mal sprang der Funke bei mir nicht über, aber noch häufiger gab es Enttäuschungen, wenn das Gegenüber absolut nicht den eigenen Beschreibungen oder sogar dem Profilfoto entsprach. Ich war zu blauäugig an diese Form der Partnersuche herangegangen. Auf diesen Plattformen wurde gelogen, dass sich die Balken bogen und die Selbstdarstellung einiger ins Auge gefasster Partnerinnen schien denen völlig abhanden gekommen zu sein. Es gab photogeshoppte Portraitbilder, auf denen mal schnell einige Kilos weg geschummelt worden waren oder es wurden Fakefotos, die absolut nichts mit der Realität zu tun hatten, ins Profil gestellt. Und dann gab es da noch eine ganz besondere Spezies an Damen, die sich wohl eine Freude daraus machten, sich mit Männern zu einem Date zu verabreden, zu dem sie dann nicht erschienen. Welche Art von Befriedigung die Damen aus diesem Verhalten zogen, ist mir bis heute fremd geblieben. Aber ich hatte trotzdem die Hoffnung nicht aufgegeben, meine Nadel im

Heuhaufen zu finden. Nach meinen ersten, kläglich gescheiterten Gehversuchen in diversen Datingportalen habe ich irgendwann den Chat für mich entdeckt. Sicherlich auch nicht die geeignete Plattform, jemanden kennenzulernen, aber zumindest eine gute Möglichkeit zur Kommunikation mit den unterschiedlichsten Menschen. Allerdings lag der Altersdurchschnitt meist im jugendlichen Bereich und entsprach deshalb nicht meinen Vorstellungen. Nach einer längeren Recherche habe ich dann einen Chat entdeckt, in dem es die Möglichkeit gab, die Chatpartner nach Alter und/oder nach Interessen einzugrenzen. Dort meldete ich mich fest an und schon bald war ich neben meiner Arbeit täglicher Besucher dieser Chatplattform. Nach und nach entwickelten sich mehr oder weniger interessante Gespräche, es wurden die unterschiedlichsten Themenbereiche angesprochen und manchmal hatte ich während des chattens das Gefühl, nicht mehr ganz alleine zu sein, auch wenn mir klar war, dass das alles ganz weit weg war von realen Kontakten. So verging aber wenigstens die Zeit, ich tauchte für eine Weile in die Onlinewelt ab, meine Realkontakte beschränkten sich fast nur noch auf die Kassiererin im

Supermarkt. Mittlerweile hatte ich Chatpartner, die auch mal über kleine Problemchen sprachen, die einen Rat haben wollten oder die ich selber um Rat fragen konnte, auch wenn mir immer bewusst war, dass alles nur virtuell war und dass auch die Chatterwelt geprägt war von Lügen, Neid, Missgunst und Intrigen. Aber dieses Minimum war damals für mich das Maximum an Kommunikation, welches für mich möglich zu sein schien. Neben dem Chat existierte ein Internetradio und es bestand die Möglichkeit, sich bei den Moderatoren bestimmte Musiktitel zu wünschen oder durch den Moderator Grüße an andere Zuhörer übermitteln zu lassen. Ein nettes Gimmick, welches ich ab und an einmal nutzte, um mir Musiktitel zu wünschen, die ich seit Jahren nicht mehr gehört hatte. Ich schlenderte virtuell durch verschiedene Themenräume, blieb hier und da einmal hängen, schrieb einige unverfängliche Zeilen zu entsprechenden Themen und blieb manchmal sogar in einem dieser Räume hängen, weil sich wirklich interessante Aspekte ergeben hatten. Von der Vorstellung, auf diesem Weg jemanden als Partnerin kennenlernen zu können, hatte ich mich schon lange verabschiedet. Meine Noch-Frau und ich hatten uns in der Zwischenzeit dazu entschieden, die Scheidung einzureichen und da wir keine strittigen Punkte abzuklären hatten, hatten wir uns einen gemeinsamen Anwalt gesucht, der alles Notwendige in die Wege leitete. Nach dem bekannten Trennungsjahr wurden wir in beiderseitigem Einvernehmen geschieden, nach dem Gerichtstermin tranken wir gemeinsam noch einen Kaffee, versprachen uns die Freundschaft und wollten die gemeinsam erlebten, guten Zeiten in der Erinnerung behalten. Während dieses Kaffeetrinkens hatte mir meine Frau, die nicht mehr bei dem Verlag arbeitete, gestanden, dass meine damaligen Bedenken bezüglich der Arbeitsstelle und der Leute, in deren Dunstkreis sie sich bewegte, durchaus berechtigt gewesen seien und hat sich für ihre Unterstellungen bei mir entschuldigt. Sie sei einfach blind in eine Falle aus Intrigen und Machtspielen getappt, deren Tragweite sie nicht erkannt habe. Für mich eine kleine Genugtuung, aber trotzdem musste ich hinter dieses Kapitel meines Lebens einen Haken machen, ich fügte mich meinem Schicksal, meine dritte Ehe war gescheitert. Mich beschlich ein Gefühl, welches sich am besten mit dem Begriff „Endzeit-Blues" beschreiben lässt.

Unverhofft kommt oft - oder: eine neue Liebe
ist wie ein neues Leben

Ich lebte weiter in der virtuellen Welt, es ging mir lediglich noch um die Ablenkung und um die besondere Form der Kommunikation. Mit meiner jetzigen Lebenssituation hatte ich mich weitestgehend abgefunden, auch wenn ich es noch immer nur schwer ertragen konnte, alleine zu sein. An einem dieser für mich zur Normalität gewordenen Tage sollte sich für mich eine schicksalhafte Begegnung ergeben, deren Tragweite mich noch heute erstaunt. Ich war wieder einmal in einem dieser Chatrooms unterwegs, als mich eine Frau anschrieb. Sie sprach eine Einladung in einen anderen Chatroom aus und ich folgte dieser Einladung. In diesem Chatroom schienen sich überwiegend Frauen aufzuhalten, die es sich zur Aufgabe gemacht zu haben schienen, Männer auf die Schippe zu nehmen. Da ich weder auf den Mund gefallen noch schreibfaul war, stellte ich mich gerne diesem Battle. Nur selten erschienen andere männliche Chatter und wenn doch, waren diese nach kurzer Zeit oft schon wieder verschwunden. Sie fühlten sich der geballten Übermacht aus

Frauenpower wohl nicht gewachsen. Nach und nach wurde ich somit zum dauerhaften „Opfer" der schriftlichen Attacken, wusste mich aber immer gut zur Wehr zu setzen. Hin und wieder gab es mal eine Mitteilung, die mir in einem so genannten Privatchat übermittelt wurde und es entwickelte sich eine Form von anbaggern und angebaggert werden. Dabei rückte die unbekannte Einladerin für mich immer mehr in den Fokus. Sie hatte sich im Laufe der Zeit als eine charmante, kluge und wortgewandte Unterhalterin herauskristallisiert. Immer häufiger verabredeten wir uns zu einem Privatchat und wir tauschten Dinge über uns aus, die man besser in anderer Umgebung preisgegeben hätte. In einem dieser vermeintlichen Privatgespräche erwähnte sie unter anderem, dass sie unglücklich verheiratet sei, ihr Mann fühle sich mehr dem Alkohol zugetan als ihr. Natürlich blieben diese privaten Gespräche den anderen Chattern nicht verborgen und schnell zeigte sich das wahre Gesicht dieser Form der virtuellen Welt. Es wurden Vermutungen über unser Verhältnis offen geäußert, Lügen wurden verbreitet und im Hintergrund warnte man mich vor dieser ach so schlimmen Frau mit der Aussage, dass sie lediglich auf

Männerfang aus sei. Ich hatte mir aber bereits ein ganz anderes Bild von ihr machen können und schenkte diesen Gerüchten keinen Glauben. Extrem wurde die ganze Situation, als ihr Mann als Chatter in diesem Raum auftauchte. Wir vermuteten, dass ihm jemand einen Tipp gegeben haben musste mit dem Hinweis, doch mal nach seiner Frau zu schauen und darauf zu achten, was sie so schrieb. Wir kommunizierten zwar fast ausschließlich im privaten Raum, aber genau das weckte das Misstrauen, hatte sie sich doch sonst viel mehr an den öffentlichen Gesprächen beteiligt. Bereits nach kurzer Zeit war ein Punkt erreicht, der das normale chatten fast unmöglich machte. Sie musste ständig darauf achten, dass ihr Mann nicht plötzlich über ihre Schulter schaute - sie schrieben schließlich aus ihrem gemeinsamen Wohnzimmer - und ich sah mich plötzlich vermehrt üblen Beleidigungen und den heftigsten Pöbeleien ausgesetzt. Manchmal, wenn es die Gelegenheit erlaubte, hatten meine Chatpartnerin und ich unsere Webcams eingeschaltet und somit konnten wir uns visuell ein Bild vom jeweiligen Gegenüber machen. Ich war sofort fasziniert von dieser hübschen Frau, auch wenn sie mir bis dahin real noch unerreichbar schien.

Nachdem die Beleidigungen im Chatroom kein Ende zu nehmen schienen, tauschten wir unsere Handynummern aus und beschlossen, unsere Gespräche zukünftig über das Telefon zu führen. Wir hielten uns im Chat sehr zurück, um nicht noch unnötig Öl ins Feuer zu gießen und die feindliche Stimmung anzuheizen. Aber die Versuche, uns zu diffamieren, dauerten an. So wurden private Chatverläufe kopiert und öffentlich gemacht, was nur den Administratoren und Rechteinhabern möglich war. Spätestens da wurde uns klar, dass jedes unserer Gespräche aufgezeichnet wurde und von Fall zu Fall hätte jedes dieser Gespräche in den öffentlichen Raum kopiert werden können. Das nahm ich dann zum Anlass, mich diesem Wirrwarr aus Lügen, Intrigen, Beleidigungen und Diffamierungen nicht weiter aussetzen zu wollen und ich verabschiedete mich aus dem Chat. Ab da blieben uns nur noch die kostbaren Momente, in denen wir wenigstens miteinander telefonieren konnten. Längst war aus dem eher harmlosen Flirt viel mehr geworden und der Wunsch herangereift, sich auch persönlich kennenlernen zu wollen. Über das wo und wann herrschte jedoch noch lange Unklarheit. Aber dem Sprichwort „wo ein Wille, da ein Weg" folgend bekam ich schon bald die Gelegenheit, die Frau real zu treffen, die Begehrlichkeiten in mir geweckt hatte, obwohl ich wusste, dass sie verheiratet war. Während eines dieser seltenen Telefonate erzählte sie mir, dass sie frei habe und ich nutzte sofort die Gelegenheit, sie zu einem Date zu drängen. So ganz ablehnend schien sie nicht zu sein, jedenfalls sagte sie noch in diesem Gespräch zu und wir verständigten uns auf ein Treffen an einem neutralen Ort. Dieser neutrale Ort sollte der Parkplatz eines Supermarktes sein. Voller Vorfreude machte ich mich auf den Weg und war bereits eine halbe Stunde vor der vereinbarten Zeit am Ziel. Ich suchte mir einen Parkplatz, von dem aus ich einen guten Überblick über das Gelände hatte. Nervös rauchte ich eine Zigarette nach der anderen und dann sah ich eine wunderschöne, zierliche, blonde Frau, die den Parkplatz betrat. In dem Moment dachte ich nur: bitte lieber Gott, lass das die Frau sein, mit der ich hier verabredet bin. Langsam kam sie näher und dann erkannte ich, dass es wirklich meine Chatfreundin war. Nach einer eher zurückhaltenden Begrüßung stieg sie zu mir ins Auto und hatte es dann ziemlich eilig, vom Parkplatz weg zu kommen.

Als verheiratete Frau wollte sie an ihrem Wohnort natürlich nicht im Auto eines fremden Mannes gesehen werden. Wir fuhren zu einem Shopping-Zentrum, wo wir eine kleine Eisdiele aufsuchten. Während der Fahrt wurde nicht viel geredet, der Weg zum Eiscafé war für sie wohl eine Art Spießrutenlaufen, sie hatte mächtig Angst davor, mit mir gesehen zu werden. Erst als wir in einer versteckten Nische des Eiscafés Platz genommen hatten, beruhigte sie sich langsam. Wir sprachen über Gott und die Welt und natürlich auch ein wenig über uns. Während der Unterhaltung, in der meine Chatfreundin auch von ihrer unglücklichen Ehe sprach, berührten sich unsere Hände immer mal wieder wie zufällig und es fühlte sich verdammt gut an für mich. Ich weiß nicht mehr genau, wie lange wir zusammengesessen hatten, aber die Zeit war gekommen, dass sie wieder zurück nach Hause wollte. Die Rückfahrt war schon nicht mehr ganz so verkrampft, wie es die Hinfahrt gewesen war. Wir sprachen unter anderem auch über ein weiteres Treffen, sie schien mir nicht ganz abgeneigt zu sein, antwortete allerdings nur mit einem klaren „jein". Aus meiner Sicht trafen wir viel zu schnell an der Stelle ein, wo sie aussteigen wollte. Da fasste ich mir ein Herz, nahm meinen ganzen Mut zusammen und fragte sie, ob ich ihr denn zum Abschied einen Kuss geben dürfe. Mein blonder Engel hatte nichts dagegen, vielleicht verspürte sie ja selber auch den Wunsch und wir gaben uns einen leidenschaftlichen Kuss. Spätestens da war mir klar, ich will, mehr noch ich muss, diese tolle Frau wiedersehen. Es gab jedoch keine feste Verabredung zu einem weiteren Treffen, aber wir vereinbarten, telefonisch in Kontakt zu bleiben. Während meiner Heimfahrt kreisten meine Gedanken nur noch um das Erlebte und ich fühlte mich erstmals seit langer Zeit wieder richtig gut. In den kommenden Wochen konnte sie sich immer mal wieder Zeit nehmen für weitere Treffen, wir kamen uns emotional immer näher, wir hatten uns einfach ineinander verliebt. In dieser Zeit muss sich dann bei meiner neuen Freundin der Entschluss verstärkt haben, sich endgültig von ihrem Mann trennen zu wollen. Ich glaube, innerlich hatte sie sich schon von ihm verabschiedet, aber das reale wie und wann schien ihr noch nicht ganz klar zu sein. Sie würde bei einer Trennung einiges aufgeben müssen, zum Beispiel das gemeinsame Haus. Und dann waren da ja auch noch die beiden Söhne und die Enkelkinder und das Gefühl, alle und alles mit einer endgültigen Entscheidung zur Trennung im Stich zu lassen. Ich wusste mittlerweile um diese Problematik und machte mir zunächst wenig Hoffnung auf eine schnelle Lösung. Ein wichtiger Aspekt war zudem die Tatsache, dass meine neue Freundin und deren Mann den gleichen Dienstherren hatten, was zwangsläufig dazu führen würde, dass sie sich noch täglich über den Weg laufen würden und sie somit seinen Anfeindungen, den Blicken der Arbeitskollegen und den Tuscheleien ausgesetzt sein würde. Sie saß also zwischen allen Stühlen und ich konnte ihr nicht wirklich beistehen in der schwierigen Phase der Entscheidungsfindung. Ich war weit weg und sie musste alleine den Spagat bewältigen zwischen gelegentlichen Treffen und dem Leben mit ihrer Familie, ohne dass diese etwas bemerkte von ihrem Doppelleben. Ich kann nur erahnen, wie schwierig die Situation für sie gewesen sein musste, eine Situation, in der ich mich nie befunden hatte. Mir gegenüber zeigte sie sich immer sehr kämpferisch, stark und entschlossen, obwohl ihre Ängste und Nöte in stillen Momenten deutlich spürbar waren. Bislang hatte sie immer alles für das Wohl ihrer Familie gegeben und die eigenen Bedürfnisse in den Hintergrund gestellt. Und dann war da ja auch noch die latent vorhandene Sorge, dass ich es nicht ernst meinen könne mit ihr, sondern dass ich lediglich auf ein Abenteuer aus sein könne. In dieser Zeit muss sie sich einer Freundin anvertraut haben. Diese Freundin gab ihr - wie ich später erfuhr - den Rat, in Bezug auf die Ehe endlich Nägel mit Köpfen zu machen, sich mehr Freiräume zu schaffen und den Versuch zu unternehmen, sich über meine Gefühle ihr gegenüber Klarheit zu verschaffen. Dazu schmiedeten die beiden Freundinnen einen Plan, der vorsah, dass wir uns einmal länger als nur wenige Stunden sehen sollten. Ich war schon mehr als überrascht, als mir meine Freundin unmittelbar vor Weihnachten mitteilte, dass sie sich den ersten und zweiten Weihnachtstag frei genommen habe von ihrer Familie, um mich zu besuchen. Das war für mich das schönste Weihnachtsgeschenk, welches mir jemand hätte machen können. Ich fragte nicht, wie sie das geschafft habe, ich war einfach sprachlos in dem Moment. Mein Herz hüpfte bis zum Hals und meine Hoffnung, dass mein Leben doch noch einmal eine positive Wendung nehmen könne, wurde bestärkt. Plötzlich war aus meinem blonden Engel ein Weihnachtsengel geworden. Meinen folgenden Nachtdienst, dem ich ja nach wie vor nachging, erledigte ich bestimmt nicht mit hundertprozentigem Einsatz. Die Gedanken wanderten immer wieder ab und ich versuchte mir auszumalen, wie das Weihnachtsfest werden könne. Ein klares Bild zeichnete sich natürlich nicht ab und ich beschloss, es einfach auf mich zukommen zu lassen. Heiligabend war gekommen und ich hatte wieder Nachtdienst. Diese Nacht war eher ruhig, es gab nur wenig zu Schreiben und so verging die Nacht nur sehr schleppend. Ich fieberte dem nächsten Morgen entgegen, dem Morgen, an dem mein Weihnachtsengel einfliegen sollte. Ich zählte die Minuten runter und wanderte in der Wohnung umher, als ich plötzlich ein Motorengeräusch hörte und aus dem Fenster schaute. Ich stürmte aus dem Haus, sah das Auto und die Fahrerin, auf die ich so ungeduldig gewartet hatte. Sie hatte es tatsächlich wahr gemacht, das Weihnachtsfest war gerettet! Wir begrüßten uns innig und betraten meine Wohnung. Die Welt um mich herum verblasste, ich hatte nur noch Augen für sie. Strahlend, hübsch zurechtgemacht und noch engelsgleicher, als ich sie zuvor wahrgenommen hatte, saß die Frau neben mir, in die ich mich total verliebt hatte. Ich war der glücklichste Mensch der ganzen Welt. Wir verbrachten eine intensive Zeit miteinander, kamen uns noch näher als jemals zuvor und wussten, dass wir zusammengehören. Wir schmiedeten sogar Zukunftspläne und malten uns aus, wie das Zusammenleben wohl sein könne. Die Probleme, die dem entgegenstehen würden, blendeten wir einfach aus. Wir waren uns einig, keine Probleme wälzen zu wollen, wir wollten die Weihnachtstage einfach genießen. Das gelang uns bestens und die gemeinsame Zeit verging wie im Fluge. Wir liebten uns heiß und innig und es fühlte sich einfach nur gut an. Nach diesem weihnachtlichen Besuch änderte sich für uns beide alles. Wir waren scheinbar Seelenverwandte, die füreinander geschaffen waren. Fest entschlossen, ihr Leben ändern zu wollen, trat mein Schatz nach einer herzzerreißenden Verabschiedung die Heimfahrt an. Wieder zuhause angekommen sorgte sie dann sehr schnell für klare Verhältnisse und teilte ihrer Familie und ihrem Mann mit, dass sie sich entschieden habe, ein neues Leben zu beginnen. Aus dem zierlichen Persönchen, als das ich meine Freundin kennengelernt hatte, muss plötzlich ein kämpfender Löwe geworden sein. Welches Szenario sich zwischen ihr und ihrem Mann in der Zeit abgespielt haben muss, kann ich nur erahnen, leicht war es sicherlich nicht. Aber ihr gelang der Absprung, sicherlich auch deshalb, weil ihre Schwester ihr angeboten hatte, für eine Weile bei ihr zu wohnen. Mit den wenigen Sachen, die sie mitnehmen durfte, zog sie schon bald bei der Schwester ein, wir hielten in der Zeit telefonisch Kontakt. Aber insgesamt muss das alles für sie sehr belastend gewesen sein, auch deshalb, weil sie ihrem Mann an jedem Arbeitstag über den Weg lief. Dieser fand seiner Frau gegenüber nicht gerade die nettesten Worte und stellte sich den Arbeitskollegen gegenüber als das arme, schuldlos verlassene Opfer dar. Dabei muss er wohl völlig ausgeblendet haben, dass sich die Entwicklung schon über Jahre abgezeichnet hatte. Aus Gründen der Diskretion erspare ich mir hier weitere Details. Meine Freundin ließ das alles weitestgehend über sich ergehen, fest entschlossen, den gerade erst eingeschlagenen Weg mit allen Konsequenzen weiter zu gehen. Dazu gehörte unter anderem auch, dass sie es an den folgenden Wochenenden auf sich nahm, zwischen ihrem Zuhause und meinem Wohnort zu pendeln, damit wir gemeinsame Zeit verbringen konnten. Nachdem wir uns immer sicherer wurden, in eine gemeinsame Zukunft blicken zu wollen, stand für sie eine weitere wichtige Entscheidung an, da ihre Wohnsituation unbefriedigend und die vielen Stunden auf der Autobahn belastend waren. Als Beamtin stand ihr ein Versetzungsantrag bevor, der sich auch wegen der weiter andauernden Verbalübergriffe ihres Mannes als sinnvollste Lösung darstellte. Einmal zu dieser Überzeugung gelangt, war die Umsetzung nur noch eine reine Formalität. Schnell hatte sie eine neue Dienststelle nur wenige Kilometer von mir entfernt gefunden und wir konnten ihre Übersiedlung zu mir in Angriff nehmen. Auch der Umzug ging schnell über die Bühne und wir waren endlich am Ziel des Zusammenlebens angelangt. In dieser Anfangsphase lernte ich meine Freundin besser kennen und schätzte sie als sehr korrekten und geradlinigen Menschen, der sein Leben immer im Griff hatte und auch weiter zu haben schien. Mir selber war in der Vergangenheit diese Korrektheit etwas abhanden gekommen. So hatte ich ihr bislang immer von meinen positiven Eigenschaften erzählt, dass ich da noch die eine oder andere Leiche im Keller hatte, versuchte ich vor ihr zu verbergen, da es mir peinlich war, mit ihr darüber zu reden. Ihr blieb natürlich nicht verborgen, dass hin und wieder Briefe von unterschiedlichsten Inkassounternehmen bei mir eintrudelten, die aus Schulden meiner früheren Selbständigkeit resultierten. Ich bemerkte, dass sie sich sichtlich unwohl unwohl fühlte mit der Art, wie ich damit umging, aber reden wollte ich darüber immer noch nicht mit ihr. Ergebnis dieses Schweigens meinerseits war dann schließlich, dass ich die falschen Schlüsse zog und ihr irgendwann nach einigen Monaten mitteilte, ich könne nicht mit ihr zusammen meine Zeit verbringen, ich würde mich unwohl und eingeengt fühlen. Das waren natürlich nur fadenscheinige Begründungen dafür, unsere Beziehung beenden zu wollen. Das geschah nicht aus Überzeugung, sondern nur deshalb, weil ich mich nicht offenbaren wollte und statt dessen den Weg des vermeintlich geringsten Widerstandes gehen wollte. Nach diesem Gespräch suchte sie sich eine neue Wohnung an ihrem Arbeitsplatz, wir beschlossen jedoch, Freunde zu bleiben. Ich sicherte ihr meine Hilfe zu und wir trennten uns. Ich half bei der Renovierung ihrer neuen Wohnung, wir suchten gemeinsam die Möbel aus und ich baute ihre Küchenmöbel auf. Nachdem sie dann tatsächlich bei mir ausgezogen war, wurde mir sehr schnell klar, dass ich einen großen Fehler gemacht hatte und fasste mir nach kurzer Zeit ein Herz und meinen ganzen Mut zusammen, um sie anzurufen. Ich fragte sie, ob sie sich vorstellen könne, zu mir zu kommen und ich hatte Glück: die Frau, die sich gedemütigt vorgekommen sein musste wegen meines Verhaltens ihr gegenüber, die für mich ihr Haus, ihre Kinder, ihre Freunde und ihre Arbeitsstelle aufgegeben hatte, erklärte sich ohne große Fragen zu stellen bereit, mich noch am gleichen Abend zu besuchen. Im folgenden Gespräch schilderte ich ihr meine Situation, erzählte, dass ich Schulden habe und nannte auch die Ursache dafür. Aber ich sagte ihr auch, dass ich sie unendlich liebe und mir nicht vorstellen könne, ohne sie zu sein. Wir nahmen uns in die Arme, verdrückten einige Tränen und waren uns dann einig, zusammen zu bleiben. Unser Zusammenleben fand danach in getrennten Wohnungen statt, mal war ich bei ihr, mal war sie bei mir, wichtig war nur, wir waren wieder zusammen.

Leider hatte sich meine Wohnsituation schon zuvor verschlechtert. Immer häufiger fiel die Heizung in meiner Wohnung aus, die Warmwasserversorgung wurde davon in Mitleidenschaft gezogen, was den Vermieter jedoch trotz mehrfacher Informationen nicht wirklich zu interessieren schien. Nach mehreren vergeblichen Anschreiben und diversen gescheiterten Versuchen, ihn telefonisch zu erreichen, hatte ich dann eines Tages doch Glück, da ich mit unterdrückter Rufnummer bei ihm anrief. Ich schilderte ihm die unerträglich Situation, was ihn dazu veranlasste, mir zu sagen, ich möge doch bitte den benachbarten Heizungsbauer bitten, sich des Problems anzunehmen. Dieser weigerte sich zu meinem Erstaunen jedoch zunächst, eine Reparatur ins Auge zu fassen, es sei denn, es würde Vorkasse durch den Vermieter oder mich geleistet. Meine Rückfrage nach dem Warum wollte er nicht beantworten, grinsend sagte er, ich solle mir dazu meine eigenen Gedanken machen. Mit dieser Information und der Androhung einer Mietminderung habe ich den Vermieter per Mail konfrontiert, der in seiner Antwort zusagte, sich des Problems anzunehmen. Wegen der Dringlichkeit hatte ich ihm eine Frist von einer Woche eingeräumt. Die Woche verstrich, ohne dass sich etwas getan hätte, ich kürzte die Miete um die Hälfte, sprach noch einmal mit dem Heizungsbauer und sagte ihm, ich würde seine Rechnung von dem Teil der einbehaltenen Miete bezahlen. Auf dieser Basis sagte er seine Hilfe zu und schaute sich am gleichen Tag noch die Heizungsanlage an. Beim ersten Blick darauf schlug er die Hände über dem Kopf zusammen, murmelte irgendetwas von absoluten Pfusch und polnischem Heizkessel um mir dann zu eröffnen, dass er für diese Technik keine Ersatzteile bekommen könne. Er bemühte sich trotzdem, reinigte den Brenner und den Kessel, stellte die Elektronik wieder ein, soweit ihm das ohne jegliche Unterlagen möglich war und er hatte Erfolg mit seiner Arbeit, denn die Heizung ließ sich wieder in Betrieb nehmen. Eine Vorhersage, wie lange diese jetzt funktionieren würde, wolle er nicht übernehmen, er machte mir wenig Hoffnung auf einen dauerhaften Betrieb und verabschiedete sich. Ich war zunächst froh, dass die Zeit des Duschens mit eiskaltem Wasser endlich vorüber war, aber diese Freude sollte nicht von langer Dauer sein. Es war Winter geworden, das Weihnachtsfest stand unmittelbar bevor und es war eisiger als im Jahr zuvor. Da die Heizungsanlage für das Haus zu gering ausgelegt war, wie mir der Heizungsbauer während der Inspektion noch gesagt hatte, wurde es bei den vorherrschenden Außentemperaturen nie richtig warm in den Räumen, was letztendlich neben der völlig unzureichenden Warmwasserversorgung auch ursächlich dafür war, dass mein Schatz ihre eigene Wohnung nicht aufgegeben hatte. Das Weihnachtsfest rückte näher und wir hatten beschlossen, die Weihnachtstage, an denen ich frei hatte, in ihrer Wohnung zu verbringen. Ich freute mich auf meine freien Tage und natürlich darauf, ein entspanntes Weihnachtsfest zu verleben. Doch da hatte ich die Rechnung ohne diese anfällige Heizungsanlage gemacht. Am ersten Weihnachtstag ereilte mich ein Anruf, Wasser würde durch die Haustüre meines Häuschens quellen. Zunächst dachte ich, ich könnte nicht gemeint gewesen sein, zumal mir auch der Name des Anrufers nichts sagte. Als ich dann meine Partnerin über das Telefonat informierte dämmerte uns beiden so langsam, dass ja die Heizung ausgefallen sein könne und durch den Frost ein Wasserrohrbruch vorliegen könne. Wir schwangen uns ins Auto und sahen beim Eintreffen bereits die Bescherung, die leider nicht im weihnachtlichen Sinne zu sehen ist: eine riesige Eisfläche in der Hofeinfahrt und Wasser sprudelte weiter aus den Ritzen der Haustüre. Also hieß es, schnell zum Hauswasseranschluss im Heizungsraum zu gehen, um die Wasserzufuhr abzuriegeln. Die Heizung war tatsächlich ausgefallen, in der unteren Etage der Wohnung stand das Wasser zehn Zentimeter hoch. Wir wischten das Wasser aus den Räumen der unteren Etage und traten nass und durchgefroren den Heimweg an. Nach einem heißen Bad und einigen Heißgetränken beschlossen wir, die verbleibenden Weihnachtstage zu genießen. Natürlich drehten sich unsere Unterhaltungen darum, wie wir weiter verfahren sollten und fassten den Entschluss, uns schnellstmöglich nach einer neuen, gemeinsamen Wohnung umzuschauen. Sofort nach den Weihnachtstagen informierte ich meinen Vermieter per Mail über die Havarie in seinem Haus und setzte ihm eine Frist von einer Woche, um die Versicherung in Kenntnis zu setzen und den Heizungsschaden reparieren zu lassen. Gleichzeitig kündigte ich an, die Mietzahlung wegen Unbewohnbarkeit des Objektes zu stornieren. Zusätzlich sprach ich für den Fall, dass binnen der genannten Frist keine Lösung herbeigeführt sei, meine fristlose Kündigung aus. Diese Mail hatte ich mit einer Lesebestätigung verschickt. So konnte ich am nächsten Tag nachvollziehen, dass mein Vermieter die Mail gelesen hatte, auf eine Reaktion seinerseits warte ich allerdings noch heute völlig vergebens. Da mein Vermieter keinerlei Einigungswillen signalisierte und auch der fristlosen Kündigung des Mietvertrages nicht widersprochen hatte, räumte ich das Haus und zog bei meiner Lebensgefährtin ein. Unter dem Eindruck des Wasserschadens und des Verhaltens meines Vermieters begaben wir uns auf die Suche nach einem neuen gemeinsamen Zuhause, da ihre Wohnung viel zu klein war für zwei Bewohner. Wir schauten uns Mietwohnungen und Häuser an, die zum Verkauf oder zur Vermietung verfügbar waren. Leider gestaltete sich diese Suche als sehr schwierig, das lag zum Teil an den sehr hohen Kosten oder am Zustand der Objekte. In dieser Zeit ereilte mich völlig überraschend ein Telefonanruf meiner Schwester, in dem sie mir mitteilte, unser Vater sei schwer erkrankt und ins Krankenhaus eingeliefert worden. Genaueres über den Gesundheitszustand sei allerdings derzeit noch nicht bekannt. Ich versprach, unverzüglich die Reise an den Niederrhein anzutreten, sobald das möglich sei. Ich telefonierte mit meinem Bruder, der schon informiert war über die Situation und ich verständigte mich mit ihm, einige Tage keinen Dienst zu machen und mich statt dessen um unsere Eltern zu kümmern. Positiv bemerkenswert und hilfreich war es für mich, als meine Lebensgefährtin mir mitteilte, sie habe sich ebenfalls frei genommen und werde mich begleiten. Voller Ungewissheit, was uns erwarten würde, begaben wir uns am nächsten Morgen auf den Weg an den Niederrhein. Dort angekommen fuhren wir zunächst zu meiner Schwester, um dann gemeinsam das Krankenhaus aufzusuchen. Hier erfuhren wir dann während eines Arztgespräches, dass die Erkrankung meines Vaters nicht nur schwer, sondern lebensbedrohend sei. Das war ein absoluter Schock für uns alle, hatte unser Vater doch bis dahin keinerlei Symptome gezeigt, die das hätten erahnen lassen. Bis zu diesem Zeitpunkt hatte sich meine Schwester liebevoll um die Eltern gekümmert, obwohl sie selber auch noch ihren Mann nach einem Schlaganfall betreuen musste. Nach einem kurzen Krankenbesuch bei unserem Vater, der ein erschreckendes Bild darbot und kaum Kraft hatte, ein Gespräch zu führen, beschlossen wir, zu unserer Mutter zu fahren. Diese Fahrt traten wir erst an, nachdem wir unsere Tränen getrocknet und uns gegenseitig Kraft zugesprochen hatten. Gemeinsam versuchten wir, unserer Mutter die schlechte Nachricht so schonend wie möglich zu übermitteln. Sie realisierte das alles nicht mehr wirklich, was ihrer Demenzerkrankung geschuldet war. Vor diesem Hintergrund und mit dem Wissen um die fortschreitende Demenz bei unserer Mutter war uns klar, dass eine Lösung her müsse, auch um meine Schwester zu entlasten. In einem Gespräch im Hause meiner Schwester kristallisierte sich heraus, dass ein Umzug meinerseits an den Niederrhein die sinnvollste Variante wäre. Diese Lösung wurde auch von meinem Bruder, mit dem wir telefonisch in Verbindung waren, als einzig richtige erachtet. Arbeitstechnisch stellte das für mich kein Problem dar, da ich von überall aus arbeiten konnte, da es sich bei der Arbeit um einen Online-Job handelte. Jedoch stand noch eine ganz wichtige Frage im Raum: was würde in einem solchen Falle aus meiner Lebensgefährtin und mir werden? Aber noch bevor ich diesen Gedanken weiter verfolgen konnte, kam von ihrer Seite ein Angebot, welches ihr zu Recht den höchsten Respekt von meiner Seite und von Seiten meiner Geschwister einbrachte und ihre Nähe zu mir und zu meiner Familie auf eindrucksvolle Art und Weise untermauerte. Sie bot nicht nur an, meinen Umzug mit zu tragen, mehr noch, sie könne sich sogar einen erneuten Versetzungsantrag vorstellen. Mit dieser Aussage signalisierte meine Lebensgefährtin ihre Bereitschaft, meiner Familie zuliebe einen kompletten Neustart zu wagen und dafür eine große räumliche Distanz zu ihren Kindern, den Enkelkindern sowie zu den Freunden in Kauf zu nehmen. Spätestens jetzt wusste ich, dass mein Schritt, nach unserem holprigen Start wieder Kontakt zu ihr aufzunehmen und mich ihr gegenüber zu öffnen, mehr als richtig war. Ich war und bin mir heute noch sicher, eine verständnisvollere und liebenswertere Partnerin als sie hätte ich nicht finden können. Da wir aus den geschilderten Gründen noch einige Tage am Niederrhein zu verbringen gedachten, nutzten meine Lebensgefährtin und ich die Zeit auch dazu, unsere Wohnungssuche von Sachsen an den Niederrhein zu verlagern.

Nach diversen Besichtigungsterminen fanden wir eine Wohnung, die unseren Vorstellungen entsprach. Diese lag über einer Bäckerei und der Vermieter zeigte sich erfreut, als er erfuhr, dass ich überwiegend im Nachtdienst arbeiten würde. Der Vormieter habe sich ständig über den nächtlichen Lärm des Bäckereibetriebs beschwert und er sei deshalb ausgezogen. Diese Befürchtung müsse er ja nun bei uns nicht haben. Leider waren wir nicht die einzigen Bewerber um diese Wohnung, die wegen ihrer Besonderheiten wie dem eigenen Zugang über eine Außentreppe, der riesigen Terrasse und der Tatsache, dass die fast neuen Küchenmöbel im Mietpreis enthalten waren, die Begehrlichkeiten auch bei unseren Mitbewerbern geweckt hatte. Wir verabschiedeten uns ohne eine Zusage des Vermieters, der uns jedoch versprach, sich sofort zu melden, sobald er eine Entscheidung bezüglich der neuen Mieter getroffen habe. Bereits am kommenden Tag teilte er uns mit, er habe sich für uns entschieden. Dank dieser schnellen Entscheidungsfindung blieb uns sogar noch Zeit, neben den regelmäßigen Besuchen bei unserem Vater und unserer Mutter, nach Möbeln Ausschau zu halten. Da meine

Lebensgefährtin und ich einen sehr ähnlichen Geschmack in Bezug auf die Wohnungseinrichtung hatten, war das passende Mobiliar schnell gefunden und gekauft.

Unsere Stimmung schwankte in dieser hektischen Zeit zwischen der Sorge um den Vater, der Euphorie über die schöne Wohnung aber auch der Frage, was die nahe Zukunft an Veränderungen bringen werde. Rasend schnell waren unsere freien Tage vorüber und wir traten die Heimreise an. Schon während der Heimfahrt wurde uns bewusst, wie weitreichend die getroffene Entscheidung war. Meine Partnerin musste sich mit dem Gedanken anfreunden, im Sinne der Aufrechterhaltung unserer Partnerschaft an jedem Wochenende stundenlange Autobahnfahrten auf sich zu nehmen und wir mussten uns wohl oder übel damit abfinden, zukünftig eine Wochenendbeziehung zu führen. Aber wir hatten nun einmal A gesagt, nun mussten wir auch B sagen. Dieses B bedeutete, meine Sachen zu packen und so schnell wie möglich in die neue Wohnung in der Nähe der Eltern zu ziehen. Meine Partnerin versuchte, mir den Abschied so leicht wie möglich zu gestalten, trotzdem bemerkte ich natürlich, dass sie Zukunftsängste plagten. Würde unsere Beziehung über die Entfernung Bestand haben, wie schnell wäre eine Versetzung möglich und wie würden ihre Kinder auf ihre Entscheidung reagieren - das waren wohl die Fragen, die sie so jedoch verbal nie kommunizierte, um mich nicht zu belasten. Auch dafür gebührt ihr meine allergrößte Achtung. Ich stellte mir natürlich auch Fragen in Bezug auf unsere Partnerschaft, hatte es allerdings um ein Vielfaches leichter, mich mit den Veränderungen anzufreunden. Ich hatte schließlich meine Familie und meinen Sohn in der Nähe und so immer einen vertrauten Menschen um mich, mit dem ich bei Bedarf reden konnte. Schwierig und emotional belastend war es allerdings auch für mich, mich um meinen Vater und meine Mutter zu kümmern. Mein Vater war in den unterschiedlichen Phasen seiner Erkrankung abwechselnd in stationärer Behandlung und zuhause. Meine Schwester, mein Bruder und ich taten alles Menschenmögliche, ihm die verbleibende Zeit so angenehm wie möglich zu gestalten, soweit das in unseren Kräften stand. Unsere Mutter war da geistig schon nicht mehr in der Lage, die Gesamtsituation zu erfassen, aber ich bin mir fast sicher, dass sie trotzdem instinktiv bemerkte, dass das Leben eine einschneidende Veränderung bringen werde. Abwechslung in dieser schweren Zeit brachten mir die Wochenendbesuche meiner Partnerin, die jede sich ihr bietende Chance nutzte, um bei mir zu sein. Wir versuchten, diese Zeit so angenehm und intensiv zu nutzen, wie es die Umstände zuließen. Leicht war diese Zeit für keinen von uns, zumal sich das Versetzungsersuchen meiner Partnerin als kaum zu realisieren abzeichnete. Das alles brachte uns manchmal an emotionale Grenzen, aber die Liebe zueinander gab uns immer wieder Kraft, nicht von dem einmal eingeschlagenen Weg abzuweichen. Das Krankheitsbild meines Vaters veränderte sich immer mehr zum Negativen. Bei einem meiner regelmäßigen Besuche in der Wohnung meiner Eltern sah ich mich deshalb eines Tages gezwungen, den Notarzt zu verständigen und anschließend eigenmächtig einen Rettungswagen zu bestellen. Ich informierte noch kurz meine Geschwister über diese Maßnahme, die von ihnen im Nachhinein mitgetragen wurde. Zum Glück war meine Lebensgefährtin zu dieser Zeit an meiner Seite, um mir seelisch und moralisch zur Seite zu stehen. Ich fuhr gemeinsam mit meinem Vater im Rettungswagen zum Krankenhaus, wo ich nicht mehr von seiner Seite wich. Ich spürte seine Angst, er wusste wohl, dass es mit ihm zu Ende gehen würde, er klammerte sich an mich und meine Anwesenheit schien ihn ein wenig zu beruhigen. Dieses Ende kam dann nach den Weihnachtsfeiertagen. Am 29. Dezember verstarb unser Vater in Anwesenheit von uns Kindern, wir verweilten bis zu seinem letzten Atemzug an seinem Bett.

Die belastende Wochenendbeziehung zwischen meiner Partnerin und mir dauerte auch nach dem Tod meines Vaters noch geraume Zeit an. Ihr Versetzungsantrag hatte weiterhin Bestand, aber es zeichnete sich keine zufriedenstellende Lösung ab. Sie hatte inzwischen einen Scheidungsantrag gestellt und musste mit den Widerständen seitens ihres älteren Sohnes leben, der sich nicht mit der Trennung seiner Eltern abfinden wollte oder konnte. Auch die regelmäßigen Fahrten zu mir an den Niederrhein zehrten sicherlich an ihren Kräften. Mir gegenüber zeigte sie sich immer stark und gewillt, den einmal eingeschlagenen Weg mit mir gemeinsam bis zum Ende gehen zu wollen, wofür ich sie unendlich bewundere. Zu einem

Umzug ihrerseits an den Niederrhein kam es dann leider nicht mehr, da sich die Verhältnisse in ihrem ganz persönlichen Umfeld während der Umzugsplanung auf eine Art und weise verändert hatten, die so nicht vorhersehbar waren und die zwangsläufig dazu führten, auch meine Zukunft zu beeinflussen. Erneut und wie schon so oft in meinem Leben hatte das Schicksal wieder einmal andere Pläne mit mir und mein Aufenthalt am Niederrhein sowie die Umzugspläne meiner Lebensgefährtin wurden jäh durchkreuzt. Ursächlich dafür waren Umstände, die meine Partnerin und ich nicht beeinflussen konnten. Die Scheidung meiner Partnerin war mittlerweile vollzogen, was jedoch nicht ohne finanzielle Folgen für sie blieb. Sie musste für die laufenden Kosten der Haushälfte, welche ihr gehörte aber nicht von ihr bewohnt wurde, aufkommen und hatte zusätzlich die finanzielle Belastung für die ständigen Fahrten an den Niederrhein. Das brachte sie zwangsläufig an die Grenzen ihrer wirtschaftlichen Möglichkeiten. Es musste eine Lösung her, die plötzlich noch zwingender wurde, als ihr Ex-Mann unerwartet verstarb. Dieser Umstand zwang uns faktisch dazu, unsere Überlegungen, wo unser zukünftiger Lebensmittelpunkt sein könne, in eine völlig andere Richtung zu lenken. Wir berieten uns über diverse Varianten wie Verkauf der Haushälfte, Vermietung oder den gemeinsamen Einzug. Am Ende dieser Beratungen schien uns der Einzug vor allem aus wirtschaftlicher Sicht die sinnvollste Lösung zu sein, auch wenn die zum Haus gehörende Einliegerwohnung vom ältesten Sohn meiner Partnerin bewohnt wurde. Leider hatte dieser sich nie mit der Trennung seiner Eltern abfinden können und war uns alles andere als wohl gesonnen. Zu dessen Ehrenrettung muss jedoch gesagt werden, dass die Zeit, die er mit seinem kranken Vater bis zu dessen Tod in dem Haus zugebracht hatte, nicht gerade leicht für ihn war. Hinzu kam, dass er mich nicht kannte und somit auch nicht einschätzen konnte. Den jüngeren Sohn hatte ich kennen gelernt, dieser stand mir neutral gegenüber und hatte seiner Mutter gegenüber immer signalisiert, ihre Entscheidungen mit zu tragen. Nach zahlreichen Telefonaten und Gesprächen meiner Partnerin hatte der Älteste irgendwann zugestimmt, uns zu einem Gespräch in seinem Elternhaus zu treffen. Diese Unterhaltung fand im Beisein beider Kinder statt, die Atmosphäre war wie erwartet sehr unterkühlt, beide

Söhne stimmten jedoch unserem Einzug zu, sicherlich auch mit dem Wissen, dass sie nicht in der Lage sein würden, die anfallenden Kosten für das Haus alleine tragen zu können.

Mit sehr gemischten Gefühlen verließen wir die Gesprächsrunde. Schließlich stand uns noch ein schwerer Schritt bevor: wir mussten meiner Familie unsere Entscheidung verkünden. Mein Sohn tat sich wie erwartet besonders schwer damit, sich mit den Neuerungen abzufinden. Am Ende beugte er sich allerdings den überzeugenden Argumenten. Wir kündigten also den Mietvertrag für unser Domizil am Niederrhein, packten unser gesamtes Hab und Gut zusammen und verstauten alles in einem Umzugslastwagen. Nach einer beklemmenden Verabschiedung von der Familie brachen wir auf Richtung Leipzig, wo wir am Abend müde, angespannt und mit zwiespältigen Gefühlen eintrafen. Die erste Nacht in dem Haus, welches unser zukünftiges, gemeinsames Zuhause werden sollte, war sehr kurz. Bereits am frühen Morgen trafen die Brüder und der jüngste Sohn meiner Lebensgefährtin ein, die sich als Helfer zur Verfügung gestellt hatten. Sicherlich waren gerade die Brüder meiner Partnerin gespannt darauf, mich kennen zu lernen und zu sehen, wer da nun an der Seite ihrer Schwester sei. Die Begrüßung verlief herzlich, alle packten kräftig mit an und so waren die Möbel schnell im Haus untergebracht. Die nächsten Wochen waren geprägt von Renovierungsarbeiten und dem Aufstellen der Möbel. So wurde uns erst ganz langsam klar, dass für uns beide ein ganz neuer Lebensabschnitt beginnen würde. Wir schauten optimistisch in die Zukunft - obwohl ich das 60. Lebensjahr bereits überschritten hatte - und waren bereit, das gemeinsame Zusammenleben positiv zu gestalten, auch wenn es anfänglich immer mal wieder zu Spannungen zwischen uns und dem ältesten Sohn meiner Partnerin kam. Aus heutiger Sicht kann ich jedoch sagen, dass wir die Probleme mit Bravour gemeistert haben. In ganz kleinen Schritten gingen wir aufeinander zu, es entwickelte sich ein freundschaftliches Verhältnis zwischen dem Junior und mir und die Bedenken meiner Lebensgefährtin, ich könne eventuell meine Entscheidung zum Umzug bereuen, zerstreuten sich recht schnell. Es kehrte Normalität im Zusammenleben ein, das Verhältnis zwischen Sohn und

Mutter aber auch zwischen dem Sohn und mir entspannte sich mit jedem Tag. Ich wurde integriert in die neue Gemeinschaft und fühle mich mittlerweile mehr als akzeptiert in der gesamten Familie meiner Lebensgefährtin, was dazu geführt hat, dass ich eine völlig neue Form von Lebensqualität erleben darf, wie ich sie bis dahin nie so richtig erlebt hatte. Mittlerweile leben wir schon mehr als zehn Jahre in dieser wunderbaren Konstellation zusammen. Wir pflegen den Kontakt zu unseren Liebsten am Niederrhein und besuchen uns gegenseitig, wenn auch angesichts der großen Entfernung viel zu selten. Trotzdem bleibt als Fazit die Tatsache, dass wir alle durch die gravierenden Veränderungen der Vergangenheit noch enger zusammen gerückt sind.

Alles in allem kann ich aus voller Überzeugung sagen, dass mein Leben nach zahlreichen Irrwegen, Verwirrungen und Wendepunkten, an denen ich lebens- und zum Teil auch überlebenswichtige Entscheidungen treffen musste, endlich in geregelten Bahnen verläuft, dass ich glücklich bin mit dem Ist-Zustand und dass ich mir wünsche, es möge noch sehr lange so andauern.

Falls Sie sich jetzt in der einen oder anderen Schilderung wiederfinden und vielleicht selber an einem Scheideweg stehen, an dem der „Endzeit-Blues" droht, haben meine Erfahrungen Ihnen vielleicht gezeigt, dass es sich immer wieder lohnt, zu kämpfen und den Weg zurück ins Leben anzutreten. Ich wünsche Ihnen, dass es gelingen möge!

Selbsterkenntnis

Wenn man mit anderen Menschen lebt
und durch ein Gefühl von Zuneigung
mit ihnen verbunden ist,
dann wird man sich bewusst,
dass man eine Daseinsberechtigung hat,
dass man nicht ganz und gar wertlos
oder überflüssig sein kann.

Das Gefühl eines geziemenden Eigenwertes
ist also sehr abhängig von den Beziehungen,
die man zu anderen Menschen pflegt.

Vincent van Gogh, niederländischer Maler

Nachwort

Jetzt, nachdem ich das Buch beendet habe, möchte ich noch einige Schlussbemerkungen anfügen, die ich als sehr wichtig erachte und die mir am Herzen liegen.

Das, was ich zu Papier gebracht habe, soll keinerlei Abrechnung mit den Menschen darstellen, die hier beschrieben wurden. Außerdem lag es mir völlig fern, jemanden zu diffamieren. Dieses Buch soll keinerlei Schuldzuweisung sein, ich weiß, dass ich selber viele Fehler gemacht habe und zahlreiche Entscheidungen getroffen habe, die manchmal für Familienangehörige und Außenstehende nicht nachvollziehbar waren, aber ich weiß auch, dass es trotz meiner Verfehlungen zahlreiche Menschen in meinem Umfeld gab und gibt, die mir immer liebend und wohlwollend zur Seite standen und stehen. All denen gilt mein aufrichtiger Dank, der wirklich von Herzen kommt.

Besonders erwähnen möchte ich an dieser Stelle neben meiner Schwester und meinem Bruder natürlich meinen

Sohn, der schon sehr früh auf eigenen Füßen stehen musste, dem sicherlich häufig die Rückendeckung seines Vaters gefehlt hat und der es trotzdem geschafft hat, sein Leben erfolgreich zu meistern. Ich bin stolz auf ihn, seine kleine Familie und auf alles, was er ohne mein Zutun geleistet hat!

Wenn ich meinen Sohn hier erwähne, erfüllt es mich mit Schmerz, dass der Kontakt zu meiner Tochter nie mehr zustande gekommen ist. Gerne hätte ich auch mit ihr geklärt, was zwischen uns steht. Selbst wenn aus heutiger Sicht nur noch wenig Hoffnung besteht, dass es doch noch einmal zu einem klärenden Gespräch zwischen uns kommen könnte, ich wäre bereit dazu!

Auch meinen Geschwistern möchte ich danken dafür, dass sie immer zu mir gehalten haben und mir die Freundschaft nie aufgekündigt haben.

Last but not least gebührt ein besonderes Dankeschön natürlich meiner Lebensgefährtin, die es auch nicht immer leicht hatte mit mir. Ich danke ihr für ihre Geduld, die sie immer an den Tag gelegt hat, für die Gespräche, die wir geführt haben und natürlich für ihre Liebe und Zuneigung, die ich uneingeschränkt erwidere.

Ohne diese Menschen wäre mein Leben sicherlich völlig anders verlaufen. Ihnen habe ich es mit zu verdanken, dass ich mich letztendlich zu einer offeneren, charakterfesteren und lebensbejahenderen Person entwickelt habe. Sie alle tragen einen nicht zu unterschätzenden Anteil daran, dass mein Leben jetzt wieder in geordneten Bahnen verläuft und dass ich der gemeinsamen Zukunft mit meiner Partnerin angstfrei, positiv und glücklich entgegen sehen kann.